COL

Chloé Delaume

Le cri
du sablier

Gallimard

Chloé Delaume est née à Paris en 1973. Elle a publié un premier roman, *Les mouflettes d'Atropos*, et reçu le prix Décembre 2001 pour son deuxième roman, *Le cri du sablier*. En 2003, elle a publié *La vanité des somnambules*.

Les hommes nombreux forcèrent la porte. Réfugiée au-dedans je ne pouvais qu'entendre. À l'hôpital dit l'un trop tard notèrent les autres. Leurs semelles dans les flaques ils investirent le crime. Se gorgèrent du réel avec satisfaction. Ils aspiraient chaque goutte pour se forcer à croire pour se forcer à dire j'y étais sans la peur sans le dégoût sans choc sans envier la crécelle de l'enfant moite d'A +. Ils salivaient chaque touffe de cervelle échevelée pour se forcer à croire pour se forcer à dire je suis venu pour vaincre et non pour regarder. Par-dessus la croûte fine de maman sur ma robe s'étala contiguë la mélassonne pitié le jus du parvenu la déjection des pleutres qui jalousent en geignant le clinamen aride qui s'abat sur tous ceux ornant les faits divers. L'un d'entre eux au salon saisit le téléphone. Chérie je rentrerai tard, fais-les dîner sans moi. Non les côtelettes je les ferai griller demain dans le jardin. Mais oui le temps sera clément, nous avons eu un magnifique mois de juin.

Ce n'est pas un spectacle pour les enfants. Conclurent-ils de concert le chœur sut s'accrocher. Dans la cage d'escalier la ribambelle noircie. La concierge coryphait le Kleenex à la main. Vacillante aux cothurnes le vernis fut brossé. À la montée des marches le silence s'imposa dans la crémeuse tension qui suit l'extrême-onction. La voisine du dessus m'exposa dans sa chambre. Arrangea les coussins et alla faire du thé. Tasse chinoise un par un ils entrèrent dans la pièce. Commentèrent l'orpheline étonnant spécimen. Dodelinant pauvre femme en scrutant au carreau la civière débordante. Puis revenaient à moi pour bien palper le mal. S'approprier une bribe de douleur inédite. Comme la sainte biblique violée par les soldats qui creva au matin l'utérus gangrené, sur le matelas percale ils écartèrent chaque pli fouillant au plus profond pour y gicler bien fort leur fructose compassion. La moiteur et l'Earl Grey embuaient jusqu'au sommier. Une feinte lacrymale s'écrasa sur mon coude. Brûlure vive étrangère souillure de l'inconnu. La source n'y prit pas garde. Elle la croyait offrande cette saloperie de larme cette immondice saline qui s'infiltra aux pores laissant une ecchymose au rond du cartilage. Autour de mon estrade j'entendais rire les gnomes applaudir au grand cirque farandolant l'entrée le chant des partisans *you are now one of us* tu monnaieras haut prix ta monstruosité. Mon diamètre oculaire s'agrandit à jamais. Mon diadème dilettante s'accrocha au filet. La coiffe est impavide le chignon retroussé. Le commissaire entra. Dissipa les badauds. Sur le siège moleskine de la Renault flicaille la fenêtre entrouverte laissait tomber gouttelettes car le temps se couvrait. Le gris inopportun du trente à dix-neuf heures. L'espoir restait intact commenta la radio : nous avons eu un magnifique mois de juin.

Au matin juillet bleu sourit aux commissures. La grand-mère insista pour m'extirper les mots. La divine comédie des plateaux familiaux qui s'applique à remplir les vortex lavabos. L'émail s'était soudé au bruit du chalumeau. L'émail s'était soudé le deuil en cassonade péruchait au-dedans sucrons l'inséparable. Oiseux de quel augure Cassandre s'est déplumée. La Grande Zoa grelotte dans la panse digérée. Les pythons se dégriffent la mise à sac gargouille on porte beau l'écaille des princiers zoophiles. Non je ne dirai rien me voilà résolue. Quand bien même essayais-je décrisper maxillaire la glotte jouait stalactite et je n'y pouvais rien. La veille de l'enterrement le premier m'ausculta poupée posttraumatique. Plus sa langue s'agitait m'aspergeant de vocables plus la cacophonie asséchait la comptine. La seule litanie qui eut cours intérieur était pensée magique chanson résurrection scandant rose un deux trois maman m'entend tout bas. Je savais bien pourtant que l'écho se fanait. Je savais bien tout cela non je n'étais pas folle. C'est eux qui s'inquiétaient moi je ne demandais rien. Si ce n'était encore dégager les sinus récurer la cloison nasale et cuisinière le poivre qui coagule éternuer à Cythère embarquer loin du soufre. Les sens se désorientent soupirant la girouette la parole s'évapore quand s'aiguisent les naseaux. On me traita bestiole sibylle au polygone. Les vipères se grouillant sifflotant dans ma tête le nœud se coulissait c'est vrai ça porte malheur. Il ne plut plus avant des heures indifférentes. Vomir la syncrétie fut une question de bon sens. Faire jaillir quelque chose quand bien même œsophage démontrer pour la pose les organes sont vivants ce n'est que passager car j'ai quelques soucis.

La porte refermée sur la racine du mal relançait aux gencives le brisé cordes vocales. Les saillies incisives se refusaient toujours à éructer au loin. La princesse au palais s'andromaquait en vain *où suis-je qu'ai-je fait que vais-je faire encore*. Les molaires vacillaient parfois dans mon sommeil. Je n'avais pas dix ans et perdu tant de choses qu'un son de plus de moins ne changeait guère la donne. La picote des sirènes le chant des musaraignes tout cela importait peu. La voix impénétrable quand laisse venir à ceux qui sont petits enfants la colère dans le temple et la morsure vivace qui garrotte à la croix du plexus trop solaire. On me poussait à dire quand tous ceux de mon âge vrillaient la chansonnette. Sur ma gorge s'effondraient les regards lourds de tout. Du reproche à l'effroi elle n'est donc pas normale car cela fait des mois oui l'automne s'en venait sachons brailler l'oubli les morts sont infidèles : nous avons eu un magnifique mois de juin.

La nuit. Dans les draps chancre. La litanie en psaume s'égrainait sous la sueur. Orphée linéaire et veule j'implorais Eurydice. Et devant le miroir creusais les deux arcades espérant traverser mais toujours la suture scintillait sourcillante. On m'appela un matin puisque j'avais un nom. On donna habits neufs et recommandations et me posta au cœur d'un préau courants d'air. Mes congénères tardèrent mais finirent eux aussi par pinçouiller ma chair pour vérification. La vitre à la Noël se givrait méthylène je voulais jouer à Jean cordelant la luette et tentais dans la chambre d'articuler un pleur. Les trois notes qui scandaient le maternel froissement des angelots obsolètes. Mais quand se pétrifie à l'envi et aux sabres le chuintement poumonneux qui flagorne à tout vent il n'est pas étonnant qu'amygdales faits divers. *Trois anges sont venus ce soir* porcelaine et limon *m'apporter de bien belles choses* par le seigle répandu *l'un deux avait un encensoir* le génie amidon *le deuxième un bouquet de roses* refusa l'envolée la lyre des oisillons la portée clef au sol cachée sous une des marches mais faut savoir laquelle et ça c'est pas gagné. Seriner aux branchies l'ordre quand tout se discorde n'était pas chose aisée. La fragrance du sapin tournoyait si sûre d'elle ignorant tout des vrilles qu'elle sinuait nasaléenne. J'effilais un ruban au crochet des silènes. Bouchetant dans ma moelle l'oxyde de la couronne les épineuses nervures qu'il faut solliciter pour cambrer la survie cabrioler la garde H_2O la noyade la goulée du j'existe. Substantifique serait trouvons le substantif combien même adjectif ou onomatopée salvateurs à quoi bon cette langue m'est étrangère cette langue pâteuse blanchie dans une bouche tétanique. Les mots comme on les lit. Sans résonance interne. Les mots comme on écrit. Non ça ne se crie pas. Comment leur expliquer quand revint bien plus tard le don de l'expulser. De l'expulser, le Verbe. Mon cerveau comme un livre. Les synapses corollaires au cahier paraphaient. Et toujours au chapitre s'étiolait l'incipit exergue violine la lune est claire le ramage empesé : nous avons eu un magnifique mois de juin.

★

Combien de temps demanda-t-il. Combien de temps dura. Juste celui je crois d'essorer pour toujours les moindres putatifs qui serpillaient en moi. La classique gestation du fertile utérus remonté œsophage quand le cœur dans la gorge obstrue la voix geignante du fœtus endeuillé. Le chiffre est évident. Les adultes à l'époque auraient dû y penser. Les cochons plus les nains moins un pris au hasard. Je hais les chiffres pairs. Du trente au zéro-six. Le dix n'en parlons pas : c'est mon anniversaire.

Quels jeux demanda-t-il. Quels jeux pendant neuf mois. Vous étiez petite fille même rongée de tristesse les nattes doivent virevolter c'est dans l'ordre des choses. Petites. Non monsieur je m'excuse. Je n'étais pas *normale*. Elle fut tuée à le dire. Oui ça remonte à loin. Si loin que je ne vois pas mais je suis tellement myope. Les jouets je les lavais. Oui ça paraît bizarre. Les jouets je les lavais juste pour le contact la texture détrempée au fil du robinet c'était si agréable. Devinette au cadeau quelle sera sa douceur quand l'eau tiède en rigoles caressera le plastique. J'avais bien une amie avant l'assassinat. Ils disaient l'accident et c'est aussi pour cela que je les ai haïs. J'avais bien une amie. Elle s'appelait Cécile. Dans la cour de l'école nous jouions à la formule. Il fallait découvrir la bonne incantation. Et puis quel ovidé s'ensuit métamorphose. Les règles étaient très strictes le moindre balbutiement en était sanctionné. Je l'ai trahie le jour où fêtèrent ses onze ans. L'astrologie parfois décrépite les sorcières. Cécile était Cancer sa mère fit un gâteau grimaça à l'orage en soupirant trop haut mes chéries quelle déveine pourtant nous avons eu un magnifique mois de juin. Je glissai sous son lit les trois graines de sésame les quatorze clous rouillés mon mouchoir usagé. Parfois la nuit je pense à sa mort par les flammes dans sa vingtième année. Parfois le jour je pense qu'un homme dut la pleurer. Souvent l'après-midi j'oublie cet incident.

Quel mal demanda-t-il. Quel mal pendant neuf mois. Je ne vous dirai rien. Vous ne sauriez qu'en faire. Et je vous connais trop. Un d'entre vous naguère osa nommer mon vide lorsque mes propres lèvres se soudaient de refus. Il lâcha aphasie comme on clame rhume des foins pour rassurer avril de ses éternuements. La tranchée familiale n'eut dès lors plus de cesse de provoquer en moi la capitulation. Tout en souriant aux hôtes et voisins intrigués aphasie aphasie aphonie passagère sa gorge se fait soigner. Mes neuf mois sans paroles se muèrent en un calvaire d'harcèlement babillages émanant de chacun la belle application. On me faisait ouvrir cent fois par jour la bouche en espérant y voir une bestiole légendaire qui tapie à l'orée des rougeâtres amygdales finirait par sortir épuisée de curée. Ils croyaient au ténia ondoyant aux muqueuses tiques psychosomatiques sautillant la trachée alors que tout en moi n'était que désert sec où seule la boue sodium ne pouvait survivre. Ils s'acharnaient chaque jour aux facteurs déclencheurs. La culpabilité du fais donc un effort. Mais ça les arrangeait. Au fond je le sais bien. Novembre s'embrumait quand au dominical devant le bon dîner tous s'abandonnèrent trop. À croire qu'ils me crurent sourde aussi. Si la petite reparle pour dire ce qu'elle a vu il y a des chances ma chère qu'elle nous relate le drame. Leur menton tremblota la grand-mère soupira je ne veux rien savoir mieux vaudrait qu'elle se taise. Et la tante ajouta que la peine était leur et que cela suffisait. Je mâchais mon dessert en concluant à chacun sa relativité. L'enfant n'a pas d'égal l'Enfant la Mère Crevée le tout mis au carré que le silence s'immole aux falaises de sulfate. Mon trauma pupillant resterait imprimé au secret de l'iris. J'avais lu ce jour-là en eux l'angoisse traîtresse qui toujours barriérerait entre nos cous tendus. Le témoin à décharge portait en elle le poids des non-dits familiaux des silences taboutés des tambourins honteux qui rythmaient clair de Ça et sur moi l'omerta fondit sucre cuillère. Les cafés furent servis. Plus tard beaucoup plus tard quand la voix revenue avec les stratagèmes protection décrochée sur les bancs du lycée je me souviens très bien. Au tableau s'exposait une étymologie proposée par Platon et recopiée par tous car le bac approchait. *Anthropos mot valise composé d'anathron (examiner) ; de ha (mot de liaison) et d'opôp'(ce qu'il a vu).* Alors seulement alors j'avoue que j'ai compris. Il m'avait fallu voir pour devenir humaine. Il m'avait fallu voir. Neuf mois pour accoucher de l'humain qui germa au creux de la fillette à la robe souillée par la révélation. Neuf mois pour que la scène se digère en mémoire. Que les sucs gastriques de la panse aux souvenirs alchimisent le sale crime en un *ce que j'ai vu.* Que la grammaire aussi ratisse sillons distance. Que le temps égrainé quand s'ouvre la neuvième porte me chuchote bienvenue car sache qu'à chaque palier la bande a défilé tu l'as durant neuf mois minutieusement examinée. Durant neuf mois au sein du rien en moi je menais donc l'enquête. La parole ressurgit mais la saleté demeure. La tache indélébile qui colle dans les tissus intimes des orphelines.

Quels noms demanda-t-il. Quels noms en général vous étaient attribués. Je ne vous dirai rien. Vous ne savez qu'en faire. Ceux d'entre vous naguère me l'ont bien démontré. Vous clamez qu'aux névroses la gestion est offerte une fois la cause ciblée. Charmants carnets comptables aux marges existentielles. De nom avant la charge. De nom il n'y avait pas. Et quand il y en avait ils n'étaient jamais propres mais cela va de soi. On m'appela l'Enfant jusqu'à ce que mes parents se soient neutralisés. Neuf mois je fus la Petite. Ensuite s'accumulèrent l'inventaire adjectifs qui tous se déclinèrent en fonction de l'humeur et des situations. La Grande et la Conasse. La Folle et la Pétasse. L'Être et l'Événement.

Quels faits demanda-t-il. Quels faits se déroulèrent le trente exactement. Je ne vous dirai rien. Mon synopsis est clair. En banlieue parisienne il y avait une enfant. Elle avait deux nattes brunes, un père et une maman. En fin d'après-midi le père dans la cuisine tira à bout portant. La mère tomba première. Le père visa l'enfant. Le père se ravisa, posa genoux à terre et enfouit le canon tout au fond de sa gorge. Sur sa joue gauche l'enfant reçut fragment cervelle. Le père avait perdu la tête sut conclure la grand-mère lorsqu'elle apprit le drame. Voilà je me répète. Je ne veux pas vous dire. Parce que toujours toujours c'est ça que vous cherchez. Les samples la mise en boucle. Les outils du soma. Vous réduisez bouillie pour arrondir les angles. L'inconscient est coupant c'est son moindre défaut. Dans les cases blanchies laboratoire carrelé vous tentez à tout prix de formater mon cas. Mais une fois étiquetée la chair éructe hélas et c'est bien dégoûtant elle n'hésite pas la chair à tout éclabousser. Évidemment toujours ma barbaque fait des vagues et la lame tout au fond se retourne en dedans. Évidemment vous dis-je. C'est ça l'inconvénient quand on est portier de nuit.

★

Maman se meurt première personne. Elle disait malaxer malaxer la farine avec trois œufs dedans et un yaourt nature. Papa l'a tuée deuxième personne. Infinitif et radical. Chloé se tait troisième personne. Elle ne parlera plus qu'au futur antérieur. Car quand s'exécuta enfin le parricide il fut trop imparfait pour ne pas la marquer.

★

Racontez-moi demanda-t-il. Racontez-moi détails de l'enfance minuscule. Elle vous est étrangère car déjà vous l'étiez. Prenez le temps tout le temps. Puisque c'est tout ce qu'il vous reste.

L'enfant parla fort tôt. On la jugea bavarde. Le seul mot qui manquait désignait classiquement le statut géniteur. Le père y remédia en exerçant la force. À chacun ses atouts. Il frappa rebelote jusqu'à lui décrocher le tandem de syllabes et sa menue mâchoire mais cela accessoirement. La légende familiale rapporta bien plus tard que fort maladroitement elle chuta de son long tentant de galoper vers un joujou quelconque. Que la quenotte sauta au contact du parquet. Que l'attraction terrestre fut cause de zozotement jusqu'à l'époque bénie où le trou se remplit quand l'incisive daigna à sept ans prendre place. Du mythe originel elle ne garda au fond qu'une seule des certitudes qui vergeturent à flot le cervelet fillette. Si l'on doit par à-coups toujours nommer le père c'est qu'il tape rythmiquement. Le battement régulier est sa gageure divine. Et lorsque par hasard il bredouille clinamen que s'enraye métronome le binôme bien jumelé on dit que les coups pleuvent et on doit s'étonner : le temps se couvre soudain pourtant nous avons eu un magnifique mois de juin.

Le père aimait beaucoup exercer son pouvoir. L'enfant était si jeune. Elle le croyait immense et sa peur se bleutait. Par jeu souvent le soir le père lui répétait des prières exotiques tirées d'un livre noir à la couverture cuir. Il lui disait alors que Dieu n'était personne et qu'il le connaissait. Il lui disait aussi que la mort n'était pas et que le mal non plus. Il dessinait parfois des étoiles sur la table en égrainant cuillère du vieux marc de café. Au matin la petite recevait fréquemment une claque de sa maman qui n'était pas contente qu'elle dégueulasse la table quand les grands

21

sont couchés. Longtemps après la pluie elle se mordit au sang de n'avoir jamais eu le courage de parler. Le jour de ses vingt ans l'ulcère absentéiste creusait si avidement les tripes la nostalgie le cadran biologique le cordon à tirer la domestique bile jaune qu'elle se sentit coupable au-delà du crédible. Aux portes de la clinique elle chuchota c'est moi c'est moi et pas une autre personne ne l'a prévenue car moi seule je savais.

La mère fut négligente. On ne sut jamais pourquoi. Certains dirent par amour. D'autres invoquèrent l'orgueil. Beaucoup accréditèrent qu'un échec conjugal dans son milieu social n'était pas recevable. Allégations étranges refrain du sacrifice qui cette fois-ci s'acheva pour de vrai par l'étal des organes pharmakos. La mère fut négligente. Ou si pétrie de crainte qu'elle se mua fille de Loth durant bien des années. Le père ne buvait pas. Il portait des costumes et de l'eau de Guerlain. Il était capitaine de navires imposants partait durant des mois soulageant la maison. Il revenait de loin les malles lourdes d'objets rares dans la doublure grenat de sa valise roulettes des liasses de dollars verts qu'il s'amusait alors à jeter à ses femmes. L'enfant criait sautant au milieu confettis la mère sautait criant au milieu du gâchis. Le soir des retrouvailles était toujours très gai. La semaine qui suivait le père rentrait bien tard soucieux de tractations qui semblaient fort complexes le téléphone sonnait et il fallait se taire. Ensuite. Tout rentrait dans l'ordre. Le père menaçait rauque et cherchait quelques farces. Il étrangla le chat ses tours étaient pendables. La petite pleura dru et la mère la somma de cesser cinéma ça lui ferait trop plaisir sois donc intelligente. Il servit aux amis le hamster de l'enfant cuisiné en mezzés. Il était libanais sa cuisine excellente lui valait l'enthousiasme. Voyez déjà je ne disais rien. Déjà rien. Maman avait compris mais fit ses yeux si grands des couverts en argent elle servit la mixture. Découpage amarré trois mois trois mois sainte trinité va-et-vient joli père les pénates la marée.

Le père aimait remplir. Le vide probablement savait seul l'effrayer. Le silence le gênait. Aussi. Ça va de soi. Un samedi un piano fut livré au salon. Il appela l'enfant comme à son habitude. Il appela : l'enfant ! L'enfant dut accourir. Il la poussa au siège et lui dit : maintenant joue. L'instrument étranger vomit notes hypallage. Il gifla bonne à rien et aboya la mère qu'à huit ans c'est une honte de n'avoir aucun don. Les mercredis suivants des cours furent assenés. Avec la Méthode Rose et une dame bien payée. L'enfant n'était pas douée et finit un dimanche par boiter *Douce Nuit* devant les hôtes repus par la dinde aux marrons. L'enfant fut applaudie et ignorait encore que quelque part très loin très loin au fond plus tard certains chants cavenniens la rendraient si malade. Le père aimait remplir. Il tapissait muqueuses gorge et âme de peur rance. Il enfonçait rancune tassait lâche impuissance. Il ajoutait chaque jour un granulé nouveau. Un sursaut d'inédit. Et la bille colorée glissait à l'intérieur tintant si cristalline il avait l'oreille fine. Il remplissait parois sachant que ce corps neuf ne pouvait déborder. Un corps neuf si trop vide. Lui donner des souvenirs. Ça lui sera utile. Une courte vie bien remplie. Excellence entonnoir au tableau déshonneur.

La mère fut malheureuse dès le jour du mariage. Elle attendit dix ans histoire de vérifier on ne saura jamais quoi puis alla tribunal y quémander divorce. Les rouages étaient en cours quand la salve perturba le sens du mécanisme. Le grain de sable qui s'immisce et détraque la machine. Car à titre posthume le procureur parfois accepte de sceller le mariage pour la veuve mais jamais ne sépare les morts qui se haïssent. À l'école la moitié fut fils de divorcés. J'étais seule orpheline et déplorais souvent le cumul des mandats arrêté dans sa course. Les enfants ont tellement besoin d'être comme les autres.

En explosant le père par sa tête morcelée trouva encore moyen de ramper au-dedans. Il n'était plus des monstres qui étouffent de gluant les tentacules spongieux vous laissant des suçons. Il n'était plus de ceux qui trop âpres aux sanies vous assomment jusqu'à voir l'ecchymose juter mauve. Il était devenu d'un genre sec. De quartz et de mica qui fragments mosaïques microscopiques rocailles vous rentrent par chaque pore et tous les orifices. On suffoque et pourtant nulle étreinte relevée. Une tempête incessante et c'est aussi pour ça qu'elle fermait fort la bouche la petite survivante. Ton sang séché papa qui virevolte et s'engouffre voulait tant pénétrer l'intérieur et vrombir égratigner les cols et les plaies intérieures. Non je n'étais pas folle. Mais seule moi les voyais les grains tarés du père qui cherchaient à l'envi à ensabler paupières pour irriter cornée agiter lacrymal pour le plaisir des yeux. De son vivant déjà il aimait tant cela. Postillonner colère et voir l'enfant aveugle s'écrouler suffocante sous les claques ventilées. Mais même s'ils s'en doutaient ceux-là ne savaient pas. Alors bien sûr. J'ai attendu neuf mois que Zéphyr soit propice et que les dunes décalent leur souffle un peu plus loin. Une fois l'air corrompu au tamis impuretés je dépinçais le nez et parlais à nouveau.

*

Remontez me dit-il. Remontez au plus haut. Il est des souvenirs qui savent vous tromper. Il est des sons des formes des couleurs anémiés. Creusez encore dit-il. À pleines mains je vous dis. Le tunnel est profond les cristaux engourdissent mais serrez fort vos doigts le sable ne peut glisser.

Je ne vous dirai rien. Soit vous avez gagné. Ou le croyez du moins ce qui revient au même. Vous êtes le treizième depuis la nuit rouillée vous revenez sans cesse mais serez le dernier car c'est tout un poème et je suis épuisée. Je me retourne clepsydre cerveau à la verrière. Le velours élimé du canapé bancal me berce benoîtement. J'arrache pelures textiles les boulloches céladon de mes ongles désœuvrés à longueur de séances. Puisque vous me forcez à l'extraction finale en n'y comprenant rien. Je me viderai du père. Grain à grain. Je t'extrairai de moi joli papa chancelle je jette plus que les dés. Il ne restera rien.

Vous me dites remontez je n'aspire qu'à descendre. Vous glapissez pelletées alors que chaque organe vomit à pleine truelle. Je n'ai pas à chercher. Ça serpente en surface. Et pour fertiliser il faut bien aspirer les recoins coronaires et le chagrin de glace. On dit de l'un ou l'autre : il n'a pas tué le père. Comme si mort symbolique pouvait être effective alors que la clinique elle-même ne résout rien. Je n'ai pas à occire un cadavre désossé. Je n'ai pas à singer des *tu quoque filia* par le sang répandu sois maudite aux chimères. Je t'éviderai de moi mon charmant Roi pécheur mes tripes empoissonnées au fumet aiguemarine. Je te cracherai enfin toi qui sus mieux qu'un autre obstruer mon larynx. Il sera plus d'un mur qui lézardera glaires sous l'écho ruisselant du cri du sablier.

★

Aussi. L'enfant avait un nom puisque la législation en vigueur imposait à ses géniteurs d'en faire déclaration à la préfecture la plus proche. Si l'enfant avait été un garçon il se serait appelé tout de suite. Mais l'enfant était contrariante. Elle tint obstinément tête aux aiguilles à tricoter, aux régimes alimentaires, aux prédictions scandées rebouteuses de rabais et aux influences de la lune. Le jour de l'expulsion les parents constatèrent avec dépit la présence incongrue du doublon chromosome et renoncèrent à tout effort d'appellation. Durant quarante-huit heures le nourrisson ne fut personne. Seul le personnel hospitalier sembla s'en émouvoir. En 1973, il n'était plus permis aux concepteurs d'enfants d'exposer leur produit au sommet de la Butte aux Cailles ni d'un mont quelconque, ce que le père jugea peu pratique. Au matin du troisième jour la mère, songeant

27

avec une nostalgie non feinte à cette époque bénie où les petons des niards pouvaient être transpercés pour décorer les branches des robustes oliviers, jeta un œil exaspéré au fruit déjà gâté de ses entrailles. Dans le lit à roulettes l'enfant criait souvent, espérant par là même rappeler à quelqu'un que lui faire ingérer un liquide nutritif eût été de bon ton. J'aimerais lui clouer le bec dit-elle en s'approchant l'oreiller à la main. C'est ainsi que la mère nomma Chloé la fille de l'aume parce qu'il est quand même grand temps de se décider Madame dit le pédiatre reprenez donc un Temesta.

L'enfant s'ennuya rapidement. Jusqu'à ses cinq ans, l'enfant habita Beyrouth mais ne garda de cette période que très peu de souvenirs. Émigrés en banlieue parisienne les parents prirent un appartement. Le père partait de longs mois. La mère travaillait la journée. Afin qu'elle fût victime d'un de ces accidents domestiques auxquels la télévision consacrait moult plages informatives, l'enfant fut laissée cinq jours sur sept sans surveillance de huit à dix-neuf heures. Une cruche diluée grenadine et des assiettes anglaises étaient laissées à son intention sur la table de la cuisine. Étrangement, bien qu'elle fût turbulente, l'enfant n'introduisit jamais ses doigts dans la prise, ne joua jamais avec le fer à repasser laissé allumé, ne se fit aucun gargarisme à l'eau de Javel et n'eut pas davantage l'idée de se défenestrer. Peut-être que la mère en fut désappointée.

Pour des raisons restées obscures en dépit de l'enquête menée minutieusement par la suite auprès de ses résidus familiaux, l'enfant n'intégra le corps social qu'en CP. Étant désormais considérée comme autonome, l'enfant fut munie d'une clef de l'appartement et initiée aux mystères de la gazinière Arthur Martin, grâce à laquelle elle réchauffait une casserole de petits pois ou de purée Mousseline le midi. L'école était à dix minutes du domicile. L'enfant faisait le trajet seule, prenant confusément conscience qu'un quelque chose ne tournait pas très rond quelque part oui mais quoi. À la sortie de l'école, il n'était pas rare qu'elle se collât ostensiblement au manteau d'une passante, afin de constituer un visible binôme face à ses camarades escortées par leur mère.

L'année où elle avait été livrée à elle-même dans l'appartement lui avait permis de décrypter certains mots, aussi avait-elle inopinément pratiqué l'apprentissage de la lecture selon la méthode globale, fort en vogue chez les pédagogues des années quatre-vingt, mais nullement pratiquée par les enseignants de l'établissement qu'elle fréquentait puisqu'elle était inscrite chez les bonnes sœurs. Aussi lorsque l'institutrice répondant au nom de sœur Monique lui demanda de se prêter au terme de la première leçon à un exercice fort basique, l'enfant exposa posément qu'elle espérait à l'avenir prendre connaissance d'informations un tant soit peu plus palpitantes que *papa fume la pipe* ou *maman a une robe rouge : la robe de maman est jolie*. La mère de l'enfant fut aussitôt convoquée. Il va sans dire qu'elle refusa de prendre rendez-vous avec le psychologue scolaire. Sauter une classe occasionne des paperasses, vous n'avez pas idée. Ainsi l'enfant put huit mois durant se plonger dans de transcendants abîmes réflexifs : *Marie aime la soupe de maman. La soupe de maman est à la tomate.*

La scolarité de l'enfant fut néanmoins troublée dès le cours élémentaire par la présence des mathématiques. L'enfant s'y montra réfractaire dès le premier jour, mais sœur Monique, trop occupée à détailler la garde-robe et les secrets culinaires de *maman* n'y prit pas garde. L'enfant jugeait les chiffres laids. Leur graphisme lui paraissait étranger et abscons. Autant son écriture, ronde et appliquée, laissait courir une régularité récompensée le long des pages de son cahier, autant le tracé de ses chiffres se révélait d'une maladresse confinant à la débilité mentale. Les règles ne s'imprimaient que partiellement dans son petit cerveau, au terme d'heures passées à transposer les chiffres en pommes, en accessoires d'écolier, en boîtes de pâté Olida ou en tout autre ustensile susceptible de convenir. Un soir qu'elle peinait sur une soustraction à trois chiffres, la mère la rabroua. Il fallait donc que l'enfant soit d'une stupidité inégalable pour être à ce point incapable de mener à bien cette simplissime opération. L'enfant confia dans un sanglot combien la terreur la saisissait dès que les devoirs de calcul alignaient leurs cabalistiques symboles. C'est du chinois geignit-elle avant de se prendre une mandale qu'elle n'avait paraît-il pas volée. Ne sois pas crétine gronda la mère, ce sont des chiffres *arabes*. L'enfant comprit alors. Les chiffres appartenaient à la langue du père. Celui-ci surgissait à travers tout contact mathématique. Toujours les équations lui feraient violence. Toujours elle aurait l'impression que la folie se profilerait derrière les tables diverses et les nombres premiers. Une folie qu'elle serait la seule à percevoir comme telle. Qu'elle sentait déjà si tangible. Jusqu'à l'épreuve du baccalauréat, dernier supplice imposé par la structure scolaire, les fonctions et les inconnues la tortureraient mentalement comme les coups assenés par le père surent meurtrir sa chair. La peur de l'X. Le chromosome rampant. Chassez le naturel on connaît la chanson.

*

Poursuivez scanda-t-il. Poursuivez au château. Ratissez signifiant ça vous aidera grandement. Vous avez besoin d'aide. Cessez donc de le nier. Acceptez perclusion et les membres fantômes se lasseront bientôt de la démangeaison. Il faut savoir hennir avant de s'ébrouer.

J'ai commencé à dire et ça ne mène à rien. Je vous avais prévenu. Mais vous n'écoutez rien. C'est d'ailleurs pour cela qu'on vous paie. N'est-ce pas. On vous paie pour *entendre*. Ce n'est pas la même chose. N'est-ce pas. Ce n'est pas la même chose mais vous vous obstinez à vouloir me faire dire pour que j'apprenne à taire. Si possible en public. Pour qu'enfin je réponde aux si jolis critères qui décrivent patte à patte les qualités requises de l'animal social. Ce n'est pas pour cesser de déborder des cases que j'ai capitulé. C'est et je vous l'ai dit. Cela est suffisant. Je ne vous dirai rien du présent et des hommes. Je rentre de vacances. C'était doux voyez-vous. Je suis aimée vous dis-je je rentre de vacances. Le séjour bord de mer m'avait tant requinquée. Il est impossible vous savez de se laisser aller aux dérives lacrymales les yeux dans les embruns. C'est une question chimique. Le corps souvent a ses limites. À l'iode peut rarement s'ajouter sel intime ça ferait trop je pense l'équilibre organique saurait y remédier.

Il remédie toujours. C'est d'ailleurs au final sa seule spécialité. Je ne vous dirai rien du passe-temps et des hommes l'été fut tiède je me souviens : nous avons eu un magnifique mois de juin.

★

Alors. Au camping des Pins l'enfant a huit ans. Sous la grande tente, une tente blanche et bleue pour quatre personnes car l'espace c'est important l'espace une tente blanche et bleue un F2 toilé a dit le vendeur l'enfant entend les autres petits jouer à proximité. À Toulon en juillet la chaleur est si rauque insoutenable à quinze heures. L'enfant sue à grosses gouttes. L'enfant entend une dame dire c'est une poêle à frire ce pays alors l'enfant se dit je transpire noix de beurre. La fermeture Éclair de la tente est tirée. L'enfant n'a pas le droit. Pas le droit d'y toucher. Je veux qu'à notre retour tu aies réglé le problème dit le père. Il a dit ça après avoir achevé son assiette gaspacho. *Marie aime la soupe de maman.* Je veux qu'à notre retour tu aies réglé le problème. *La soupe de maman est à la tomate.* Le matin l'enfant avait accompagné les parents au marché. Rien de particulier pour une fois pensait-elle allant jusqu'à sourire. La mère avait acheté un bouquet de lavande des kilos de légumes quelques brins d'estragon. Lorsque le père fait démarrer la voiture, l'enfant perçoit la peur réception phéromones oui à travers la toile l'enfant renifle la peur de la mère qui s'échappe qui s'éfiente sphincters rassis par la fenêtre ouverte de la BX noire du côté passager. La place du mort se dit l'enfant. Le père aimait à ressasser l'expression à la dire et redire en déclinant les tons avant de ricaner gloussant fiel et morsures quand la clef de contact mettait en branle moteur. Sous la tente à quinze heures l'enfant ne comprend pas. Bien sûr. Bien sûr elle ne comprend pas. Bien sûr et même surtout il n'y a rien à comprendre. La mère le sait peut-être le père le sait-il aussi. Peut-être pas d'ailleurs. Mais l'enfant elle l'ignore. Évidemment elle pourrait sortir de la tente une heure ou deux. Se cacher à l'ombre pour moins suer. Pour moins laisser le beurre envahir son tee-shirt et lui coller cheveux et lui brouiller le teint de ses petits boutons Dieu qu'elle a la peau grasse pour une enfant si maigre c'en est plus qu'intrigant. Aller au bloc sanitaire passer son visage sous l'eau fraîche. Calmer la margarine déjection incessante revenir sous la tente avant le retour parental. Simuler par la suite l'application de la consigne évidemment. Seulement c'est impossible. Car le père toujours sait. Car toujours il sait tout. Il voit. Et sait même lorsqu'il est au loin. Au vrai loin. Au vrai de vrai, au loin de continents entiers avec des pays et des mers des océans bleu-vert que la mère lui montre souvent sur la carte pointant ses ongles vermeils si tellement bien manucurés. Lorsque l'index indique un point se rapprochant de la croix maisonnée les yeux de maman craignent et son cœur se resserre dans un étau moiré sut constater l'enfant qui ne peut pas l'aider. Le père sait. Ce n'est pas un stratagème d'adulte, un mensonge père Noël cloches de Pâques petite souris nocturne la dent sous l'oreiller. Elle en a eu la preuve. Une vraie de vraie de preuve où le père l'a punie parce qu'il savait ce qu'elle avait demandé au Bon Dieu dans la chapelle grisâtre fond de cour de l'école. Or il n'y avait personne. Et à personne non plus elle n'avait répété. À la récréation d'un vendredi d'avril l'enfant était entrée dans la chapelle déserte. Elle s'était agenouillée petite devant l'autel. Sur les marches réservées aux cartilages des enfants de chœur. Des garçonnets de l'Institut voisin les filles ne peuvent pas servir la messe ne peuvent pas l'assister taisez-vous c'est ainsi c'est un monde cette enfant soit vous ferez la quête mais cessez l'insolence. Elle ne comprenait pas pourquoi seuls les garçons pouvaient se rapprocher ne serait-ce que d'un cran mais tout de même d'un cran de plus. Dieu devait quelque part être un peu misogyne elle aimait bien ce mot c'est la voisine qui le lui avait appris. Alors. Elle s'était approchée nez collé sur l'autel pour être bien certaine que Dieu l'entende. D'autant que si les filles ne pouvaient

35

le servir il y avait de grandes chances qu'il leur prête une oreille un peu moins attentive. *Ce que j'ai fait, papa, j'ai cru le devoir faire.* Il faut parler tout près du tympan des sourds pensait-elle. C'est comme pour oncle Henri. Il faut lui parler fort bien au creux de l'oreille. Elle avait hurlé dans sa tête en séparant chaque syllabe. Dieu vous qui êtes si bon et si juste exaucez ma prière par pitié tuez mon père et je promets d'être sage et de devenir bonne sœur et de plus jamais monter sur les marches de l'autel. Au cas où Dieu soit trop débordé pour faire preuve d'immédiate efficacité, l'enfant fut prévoyante, lui glissant mine de rien quelques tuyaux : le père étant capitaine un bon typhon et hop l'affaire serait réglée. Comment le père avait-il pu savoir tout cela se demanda l'enfant assignée au placard au retour du voyage. Pour le père Dieu n'était pas. Le père parlait du Diable il y tenait beaucoup. Mais le Diable sans Dieu aurait depuis longtemps réussi à régner sans même avoir besoin des rituels du père. S'interrogeait l'enfant assignée au placard et au cortège de crampes qui s'ajoutaient chafouines aux brûlures ceinturées. Pourquoi laisser l'enfant à une école de Dieu si le Dieu n'existait. À part probablement pour laisser le néant qu'était pour lui l'enfant se dissoudre à foison dans le vide en question et avoir la paix avec sa belle-famille. Le père faisait finalement preuve d'un bon sens hors du commun. L'enfant n'était rien, il la confiait au rien. *Heureux les simples d'esprit, ils verront le royaume de Dieu.* L'enfant commença à se méfier. Et conclut le 30 juin 1983 devant le résultat que Dieu et Tryphon Tournesol devaient être parents. Sous la tente je disais l'enfant se coule de beurre mais sait donc qu'aujourd'hui comme hier et demain la triche ne sert à rien. D'autant qu'une épingle à nourrice retient la fermeture Éclair de l'extérieur.

À l'intérieur l'enfant se dit régler le problème. Régler le problème. L'enfant n'arrive jamais à régler les problèmes. Qu'il s'agisse de robinets qui gouttent de partage de billes de lopins de terre de panier de la ménagère l'enfant a toujours faux et jamais la moyenne. L'enfant ne comprend rien aux mathématiques. L'enfant se dit souvent que les mathématiques pour elle c'est un peu comme Dieu pour le père. Tout le monde y croit sauf elle. Mais ça ne l'avance pas à grand-chose au fond. L'enfant ne comprend rien aux mathématiques c'est pour cela que le père lui dit qu'elle se doit d'avoir honte que la mère lui dit qu'elle est bête stupide sotte et que le père lui cogne la tête avec le livre de calcul. Pour que ça rentre rigole la mère. Non. Pour lui remettre le cerveau à l'endroit. Il cogne toujours à droite. Le père a lu dans *Science et Vie* que c'est de ce côté du crâne que se situe l'hémisphère défaillant chez l'enfant.

Accroupie près de son lit de camp l'enfant réfléchit donc au problème. Ce qui est ennuyeux c'est que sans libellé c'est encore plus compliqué que d'habitude. Elle n'ose pas s'allonger sur son lit. Le père le saura. Lui reprochera d'être une feignante d'avoir traînassé et dormi. De ne pas avoir fait son devoir. Alors l'enfant se dit qu'elle préférerait mourir. En fait. Que son corps lui fait mal que le pantalon long que la mère la force à porter à Toulon en juillet pour camoufler les bleus pour couvrir le scandale de toile américaine lui colle tant à la peau que ses genoux pliés irradient des fourmis et qu'elle n'en peut tellement plus. Elle pense à la rédaction qu'il faudra faire à la rentrée *Raconter une journée de vos vacances.* Elle pense que comme tous les ans, même ceux où les enfants maîtrisaient encore trop mal la langue et où un dessin s'y est substitué, elle devra encore inventer. Des histoires gaies et rocambolesques. Grouillantes de cousines farceuses de promenades dans les bois de capture de furet. Des histoires rigolotes que la maîtresse lira devant toute la classe Chloé écrit très bien pour son âge quand elle sera grande elle sera sûrement journaliste. Elle pense que comme toujours ses petites camarades qui auront pour de vrai ri avec leurs cousines promené dans les bois peut-être même aperçu un furet ailleurs que sur un poster accroché dans la salle d'attente du dentiste la regarderont avec envie. Elle redressera la tête. L'acrylique de son col roulé lui grignotera la plaie du récent coup de martinet qui refuse de cicatriser. Elle se retiendra de pleurer. Elle se retient presque toujours. C'est pour ça que je pleure autant.

Elle pense au dénominateur commun de tous les morts. Elle conclut c'est l'absence de respiration. Elle pense à une chanson de Pierre Perret qu'elle a entendue à la radio : *Tonton un jour est mort d'avoir oublié de respirer.* Cela lui semble constituer un argument d'autorité. À dix-sept heures elle pense que finalement la solution du problème réside là. Elle vide ses poumons se pince le nez et colle sa main moite sur sa bouche. Coince ses lèvres entre l'annulaire et le majeur pour plus de précaution. Elle ne comprend pas pourquoi tous ses membres tressaillent pourquoi son corps s'autonomise pourquoi elle ne peut par simple volonté empêcher sa respiration. Le principe est si simple. Pourquoi ça ne fonctionne pas. L'enfant se hait soudain sa mère a tant raison elle si incapable et elle ne comprend rien. L'enfant pose sa tête sur le lit de camp et applique un coussin sur son visage. À deux mains. Elle a vu faire ainsi un homme dans un film policier. La victime était éveillée. C'est donc de l'ordre du faisable. Mais encore cette sale bouche se dégage avidement aspire l'air corrompu par goulées écœurantes cet air pollué par son propre carbone vicié par cet instinct de survie cette saloperie réflexe cet ignoble refus organique qui se mêle de ce qui ne peut le regarder. Tu ne vois pas grince-t-elle. Tu ne vois vraiment rien. Elle tente de le convaincre son corps absurdement buté. Elle appuie sur ses bleus fait pression sur les croûtes. Lui démontre point à point qu'il ignore donc qu'il souffre. Qu'il doit l'aider. Aussi. Que c'est son rôle. Qu'ils sont tous les deux concernés. Qu'il ne peut pas simuler toujours. Qu'il n'en a pas le droit. Elle a bien envie de demander à Dieu d'intervenir mais sa dernière requête résidant lettre morte ce serait du temps perdu et il faudrait faire vite.

La BX se gare dans la petite allée. La portière claque et le père parle fort. La mère rit. À l'approche de la tente le père s'énerve sur l'épingle à nourrice dont la présence le surprend et courrouce. Le zip glisse aigrement. L'enfant les joues en feu est assise en tailleur. Qu'a-t-elle donc inventé cette sinistre gourdasse pour abîmer la toile avec une telle ânerie. L'enfant supplie la mère du regard qui détourne pupilles il faut l'en excuser. Dans la tente le père renifle naseaux écarquillés puis hurle ça pue la sueur. Le père gifle la mère c'est pas un gosse que tu as chié ma pauvre c'est un putain d'animal un putain d'animal je te dis y a que les animaux qui puent comme ça la preuve. Le père somme deuxième personne du singulier s'extraire de la tente et enlever ses vêtements. Décrasser la bestiole est à l'ordre du jour c'est l'heure de l'apéro toussotent les voisins qui s'empressent de rejoindre la buvette éloignée. Le père revient bientôt déroulant derrière lui un tuyau d'arrosage. Le jet glacé abrupt violace lèvres et veinures la giclade déversée sur le sommet du crâne tentacules acérés pénétrant jusqu'aux tempes ça palpite en cristaux le sang se fige sinus moelle muqueuse chair et os tandis que la chaleur enveloppant tout autour accomplit le malaise le misérable cœur s'emballe bleu au garrot scellé givré pudeur Cellophane tétanie. Le père crie mais savonne comment garder en main le cube jaune translucide alors que les doigts crispent et les spasmes quatre temps ont depuis peu ouvert grelots la valse les dents rythmant chaque pas un deux trois un deux trois *le menuet c'est la polka du roi*. Le père se lasse enfin tend le joug à la mère qui sourcils ras du sol va rendre l'objet déliant à son propriétaire. Il regarde sa montre et reprend la voiture. Les divertissements manquent la ville seule sait y faire. Lorsque la mère revient son rouge s'est estompé. L'enfant est restée seule hagarde après la grêle. Elle n'a pas su bouger. L'enfant est encore nue la mère s'indigne redoute les cancans caravanes qui enflent de toute part demain il va falloir petit jour décamper ce n'est plus des vacances quatre fois en un mois mais tu n'as pas pensé à passer quelque chose non maman excuse-moi c'est vrai j'ai oublié. De retour sous la toile le coton a une odeur d'assouplissant. L'enfant rentrée a la migraine qui trotte mais le cœur plus léger. Soulagement et Soupline l'enfant sourira à l'heure du dîner. À présent elle le sait. Distraite comme elle est l'enfant se dit qu'un jour c'est sûr elle *oubliera de respirer*.

★

Dénombrez clama-t-il. Dénombrez les instants rongeant pusillanimes car l'angoisse au terreau est seule centrifugeuse. Elle n'est pas étrangère saint effluve désertion la crainte manifestée attire toujours les coups. La tréssaille victimale sait constituer le *la* à qui donnera la note au bourreau baryton. À chaque sursaut porté la trempe chante en canon. C'est bien connu voyons : en redoutant les heurts de sa paume sur la peau de l'enfant au qui-vive vous invoquiez toujours la venue ceinturon. Symphonie bleus mineurs aux chants des mécanismes. Le père s'appelait Sylvain. À chaque disposition du père dans un rayon inférieur aux deux mètres vous protégiez réflexe votre visage des bras. Eurythmie agaçante provocation ouverte la voix flûtée du Pan claquant trop invitée. Le père s'appelait Sylvain. L'appel de la forêt.

Elle est jolie rengaine votre définition des attractions désastre. Elle est jolie rengaine mais ne me convient pas ne conviendra jamais. À croire vos postillons qui giboulent rouge au front sans jamais rafraîchir le brasier de la honte les tabassés fléaux provoqueraient toujours cavalcade Attila. Pas étonnant très cher que vous alliez puiser vos complexes dans les mythes. Iphigénie elle-même serait la responsable du festin cannibale que servit son aïeul. Quand on redoute les coups juste parce que ça fait mal on aspire juste à croire que ça va s'arrêter. Qu'un jour la lassitude saisira le bourreau à défaut de la justice

Un matin où l'enfant osa morver pourquoi. Un matin où l'enfant revenait de l'école car toujours les samedis étaient problématiques. Car toujours les samedis les voitures attendaient devant parvis scolaire portières éjaculant effusions parentales les mamans sentaient bon leurs baisers salivés les papas souriaient rose ébouriffant moustaches. Un matin l'enfant seule rentrait en oubliant. Peut-être parce que c'était juste une enfant. Peut-être aussi le faisait-elle exprès. Elle marchait tête linotte s'anesthésiant poumons de la brise étrangère. Plus l'immeuble approchait plus le lâche antidote s'estompait volatil. Elle faisait travailler sa mémoire olfactive pour compenser sûrement les souvenirs ecchymoses. Un matin où l'enfant au seuil à peine franchi fut accueillie clairon d'une nouvelle invention. Car le père aurait pu tenter concours Lépine c'est un fait établi le sien était en bois dans la chambre du fond. Celle qui servait parfois pour coucher les invités quand ils avaient trop bu pour prendre leur voiture mais non voyons Sophie j'ai qu'à changer les draps. Elle claquait dru ce matin-là l'innovation. Spécialité maison martinet lourdes brides la tournée du patron. Elle sifflait la Méduse la mère courut de fait pour augmenter le son. Un voyage officiel une chanson épuisette la maman des poissons. Oui elle est bien gentille insistait la radio. Oui elle est bien gentille. Quand le clou mal rivé s'enfuit près de sa tempe l'enfant vit candélabres et se cabra à l'angle en demandant *pourquoi*. C'est qu'elle voulait savoir à défaut de comprendre. Il fallait quelque part qu'il y ait une raison. L'abbé Gilles à l'église avait dit un dimanche que Dieu savait toujours accabler les méchants. L'enfant courbée au mur se dit : que j'ai péché. Mais qu'en moins de huit ans il semblait impossible qu'elle puisse déjà des sept tout capitaliser. D'ailleurs elle était sûre qu'au moins un lui manquait. Persuadée que chaque jour elle offensait le Dieu elle égraina chapelet au gré nomenclature la semaine précédente pendant la confession. Elle déclara colère Marie-Jeanne j'ai poussé gourmandise et envie le biscuit j'ai volé. Elle ajouta orgueil insolence à l'école paresse chambre pas rangée. Au cinquième Notre Père elle dit cupidité je n'ai pas partagé sans trop savoir comment étayer l'argument. Elle ne partageait rien mais aurait bien voulu. Ça l'aurait soulagée. Ayant appris leçon férue de catéchisme elle poursuivit : mon père j'ai commis j'ai commis. Quand elle avoua luxure le prêtre rit si fort que chancela la cloison.

Alors en ce matin le pourquoi s'échappa des gerçures retroussées. Elle était décidée à entendre et subir elle ne pensait même pas embarrasser le père. Le père sait toujours tout. Le sceptre sculpté laissa ses franges cuir ricocher. Le jouet patriarcal cessa vaste furie retomba au parquet laissant son onde de choc les lattes se hérissèrent dominos turgescents, jusqu'à l'orée salon la mère tendit le cou puis rétracta retraite palpant l'air implosé. *Pourquoi.* Scanda l'enfant. Dis-moi ce que j'ai fait que je ne le fasse plus. Elle le suppliait presque. Car elle voulait bien faire autant que récession des zébrages de la foudre sur ses bras dénudés. *Pourquoi.* Le père s'agenouilla. Posa ses paumes étau ceignant la petite tête. Son nez toucha grumeleux le museau de l'enfant. Rétine contre rétine l'électrique commotion s'infiltra fiel glacé écarquillant pupille. Il laissa passer l'ange pour bien poser le ton. Un jour je vais te tuer : ça c'est en attendant.

L'enfant sentit que sans sérum le père disait la vérité. Et puisque tu es si curieuse rictussa le père amèrement. Et puisque tu es si curieuse dis-toi que tu n'as pas à te plaindre. Jamais tu n'aurais dû naître. Jamais. Estime-toi heureuse du sursis. L'enfant retient le mot sursis afin d'en chercher au plus tôt la définition dans le dictionnaire. Puis s'évanouit sous la puissance du pain qui à défaut d'être total n'en était pas moins convaincant.

*

Sursis [syrsi] n. m. — 1916 ; adj. « échappé » XIIIᵉ ; de *surseoir*. 1. Ajournement, remise à une date postérieure. *Sursis à l'exécution des peines*, *des poursuites*, accordé sous condition par le tribunal au délinquant qui n'a pas subi de condamnation antérieure. 2. Délai par lequel on sursoit à qqch. Période de répit, délai. *Un condamné à mort en sursis.*

Le Petit Larousse illustré proposait des images pour tout un tas de choses mais pas pour le sursis. C'était un mot abstrait. C'est la mère qui l'a dit.

Délinquant, e [delɛ̃kɑ̃s, ɑ̃t] n. et adj. — xɪvᵉ; p. prés. du v. *délinquer* (VX), lat. *delinquere* « commettre une faute ». Personne contrevenant à une règle de droit pénal, qui s'expose, de ce fait, à des poursuites. Syn. coupable.

Les délinquants sont des jeunes qui écrivent sur les murs ou volent dans les magasins par exemple expliqua la mère qui était pédagogue. Les délinquants sont des êtres nuisibles qui doivent être sévèrement punis. Il n'y a pas de photos de délinquants dans le Petit Larousse illustré pour une raison évidente. Beaucoup de personnes en France possèdent le Petit Larousse illustré et il serait possible que les délinquants qui y figureraient soient reconnus par les voisins, ce qui ferait beaucoup de peine à leurs parents car les parents ne sont pas toujours responsables. Par exemple, poursuivit la mère, madame Lavalier a très bien élevé son fils Marc-Antoine qui a même eu des cours particuliers d'anglais pour être le premier en classe. Pourtant, Marc-Antoine a vendu de la drogue au lycée Saint-Émile l'an dernier. Marc-Antoine est donc un délinquant mais sa mère n'est pas responsable. Madame Lavalier, qui n'avait pas mérité ça avec le cancer de son mari tu penses bien, a eu des problèmes avec la police et a envoyé Marc-Antoine dans une pension en Suisse. Les parents des délinquants envoient leurs enfants en maison de correction, qu'on appelle aussi maison de redressement. Quand ils en sortent, ils savent enfin se tenir et leur famille est bien contente. L'enfant demanda s'il se pouvait qu'elle fût elle-même une délinquante bien que la police ne s'en soit jamais rendu compte. La mère rétorqua qu'étant une mauvaise graine il ne serait pas surprenant que l'enfant le devienne et que c'était d'ailleurs pour ça qu'on avait intérêt à la surveiller de près si on ne voulait pas qu'elle finisse en maison de redressement elle aussi, ce qui ferait le plus grand tort à la réputation de la famille dans le quartier.

L'enfant en conclut que le père la corrigeait lui-même à la maison afin de la redresser. L'enfant était poursuivie par le père qui en avait le droit. L'enfant était coupable car elle était une mauvaise graine. Les mauvaises graines, comme les délinquants, sont nuisibles. Les insectes nuisibles sont les mouches. Les mouches ne servent à rien et quand elles tombent dans un verre il faut le laver. Les fautes aussi doivent être lavées. On commet des fautes quand on est méchant. Des fois on dit qu'un méchant a fait un coup tordu. Pour éviter que l'enfant soit tordue le père lui donne des coups. Le père accorde un sursis à l'enfant pour que l'enfant se tienne droite quand il sera temps pour lui de la tuer. Les morts se tiennent toujours très droits. On appelle ça la raideur cadavérique. Tant que l'enfant ne sera pas redressée par le père elle ne pourra être une morte convenable, ce qui ferait le plus grand tort à la réputation de la famille dans le quartier.

★

Le 24 décembre l'église de la ville reine résonnait cloches et or à travers tout le bourg. Le 24 décembre les fillettes étaient reines et les mamans portaient des manteaux en fourrure. Le père était en mer aussi l'enfant souriait à la veillée du soir. Le chœur était empli du chant des partisans des sectes ancestrales la mère ongles rubis tenait entre ses mains aux reflets opaline le livret cuir précieux à la page indiquée sur le tableau fixé à l'usage des fidèles. L'enfant les yeux fermés connaissait les paroles sur le bout de ses doigts qui ne présentaient plus la moindre égratignure puisqu'en l'absence du père seules les gifles tombaient sans laisser moindre trace. Ébouriffée bourrasque encens gigot de Dieu elle entendait sirènes la tant antique attente qui précéda naissance du si divin enfant. Elle entendait sirènes la tant actuelle attente qui précède renaissance du fils assis depuis à la droite du

Père. En descendant les marches granit un peu sablées pour éviter les chutes car le gel y crissait une goutte salée de glace s'écrasa à l'écharpe comme toujours trop serrée. *Tu n'aurais pas dû naître. Un jour je vais te tuer.*

★

L'enfant demandait souvent à la mère de lui expliquer les mots nouveaux. La mère ne prenait garde à la source initiale engendrant la question. La mère se contentait juste de répondre au mieux. Un jour l'enfant entendit un garçon adresser « enculé » sur son vélomoteur à un automobiliste quelconque. De retour au foyer elle s'enquit à la mère de ce mot inconnu même du Petit Larousse illustré. La mère lui répondit c'est un truc de tata en agitant la main car la mère était pédagogue. Lorsqu'un dimanche la sœur de la mère vint pour le thé l'enfant lui dit bonjour enculée. La mère se mit à rire et la tante se fâcha. La mère expliqua à sa sœur car elle était pédagogue. La tante haussa les épaules et dit à la mère tu l'élèves bizarrement. La mère s'énerva quand tu seras foutue d'avoir toi-même des gosses tu pourras la ramener. La tante claqua la porte la mère gloussa et l'enfant attendit. La mère téléphona à son amie Sophie et ricana longtemps en utilisant beaucoup d'autres mots compliqués.

La mère fit asseoir l'enfant. Enculé est un mot vulgaire dit la mère qui était pédagogue. Il ne vaut mieux pas l'employer quand on est une petite fille, car une petite fille doit toujours rester polie. Enculé ça veut dire quelqu'un qui fait l'amour à l'envers et c'est très mal. C'est même contraire à la nature. Tu vois d'ailleurs ta tante s'est vexée. C'est pire que grosse pute demanda l'enfant. Indéniablement trancha la mère. C'est le plus gros mot de toute la langue française. L'enfant était contente. Elle connaissait déjà le plus long mot de toute la langue française : anticonstitutionnellement qui signifiait contraire à la constitution. Le médecin lui avait dit un jour qu'elle avait souvent des évanouissements à cause de sa mauvaise constitution. L'enfant en avait déduit que son corps était anticonstitutionnel. Elle avait d'ailleurs noté cet exemple à la suite de la définition de ce mot, recopiée dans le petit cahier rose que lui avait donné la mère à cet effet. Le meilleur moyen d'enrichir ton vocabulaire disait la mère est d'y consigner chaque nouveau mot au fur et à mesure. Et pour l'utiliser intelligemment il faut toujours noter un exemple, ajoutait la mère qui était pédagogue.

À présent l'enfant connaissait aussi le plus gros mot de toute la langue française : enculé, contraire à la nature. La nature voulait donc qu'on fasse l'amour à l'endroit. Cela paraissait totalement logique puisque si Dieu était amour, l'amour était Dieu. Or l'envers de Dieu était le Mal ce qui par conséquent n'était effectivement pas bien du tout. Ce qui tracassait un tantinet l'enfant dans tout ça tenait au verbe faire. Faire l'amour ne pouvait pas signifier faire Dieu parce que ce n'était pas possible. Les hommes ne pouvaient qu'imiter Dieu, et ceux qui avaient essayé avaient été sévèrement punis comme des délinquants si bien que personne n'avait osé recommencer. De retour dans sa chambre, l'enfant écrit enculé dans le petit cahier rose et cherche l'expression faire l'amour dans le Petit Larousse illustré. Elle avait demandé à la mère en quoi faire l'amour à l'endroit ça consistait exactement, mais la patience de la mère qui était pédagogue avait ses limites et l'enfant avait été congédiée. En lisant la définition du mot amour sans le verbe faire accolé, ce qui la contraria grandement, l'enfant se dit qu'elle avait vu juste. L'envers de l'amour était la haine, c'était marqué même que ça s'appelle un antonyme. Elle reprit son stylo plume à cœurs roses assorti au petit cahier, marqua deux points puis : « qui hait et fait le mal aux autres, par exemple comme papa ». Suivi de l'astérisque lui permettant de reconnaître dans sa liste les mots interdits aux petites filles qui doivent toujours rester polies.

Satisfaite, l'enfant rangea le petit cahier rose dans le tiroir de son bureau. Ce faisant, l'enfant se troubla réalisant que sa famille était directement concernée par les deux plus imposants mots de toute la langue française, ce qui n'était pas rien. L'enfant en resta impressionnée de longs mois durant, puisant dans cette révélation de quoi soutenir les séjours prolongés du père. Forte de cette exceptionnelle terminologie familiale, elle posa sur ses congénères un regard pétri de mépris et la cloison du confessionnal vacilla désormais sous l'écho vigoureux d'un orgueil sans limites. La langue savait elle-même reconnaître les élus. Au commencement était le Verbe. Les voies impénétrables savaient donner les signes à qui aurait un jour droit à la Rédemption.

★

Le Verbe l'enfant l'aimait plus que toute autre chose. Et là seulement d'ailleurs avaient lieu pour l'enfant les échanges de la mère. Aussi la mère, qui était pédagogue, lui apprenait souvent de nouveaux mots. Si cela arrivait fréquemment c'est que la mère accordait énormément d'importance au langage tenu par l'enfant. Et surtout en public. Il n'était pas rare qu'en l'absence maritime du père la mère organisât des dîners où l'enfant devait accomplir un certain nombre d'exercices définis à l'avance. Il va de soi que ces derniers devaient paraître spontanés devant les convives pantois. La mère nommait tenue ce secret rhétorique, et l'enfant trop heureuse de se lier à la mère d'une tendre complicité se prêtait volontiers à ce jeu. De la tenue ma fille, ma fille de la tenue sourcillait sombre la mère en léchant les enveloppes de ses invitations. Puis en établissant plan de table et menu listait les mots nouveaux à glisser au verbiage prenant garde à ne pas pousser trop loin tout de même les limites du crédible.

Parfois l'enfant butait n'assimilant pas trop certaines subtiles nuances. Le mot outré entre autres lui posait un problème. La mère avait pourtant expliqué à l'envi, donné moult exemples et même une phrase toute faite, l'enfant en prononçant les deux syllabes ne pouvait s'empêcher d'avoir une outre en tête et percevant la gourde poilue d'une des pages d'un album d'Astérix était saisie d'un rire impudent et nerveux. Ce qui avait le don d'exaspérer la mère ayant tôt fait de lui en coller une en jurant mais Seigneur est-elle sotte cette gamine. Pour contourner l'analogie absconse, l'enfant chassait cette outre se concentrant du mieux qu'elle pût. Mais alors une loutre apparaissait on se demande pourquoi. Une loutre velue qui grossissait et grossissait image mentale débordant davantage encore que le flacon hirsute envahissant cerveau et pétrifiant synapses. C'est bien simple lui disait la mère, il suffit de te demander de prononcer outré pour comprendre à quel point tu es bonne à jeter. Alors l'enfant se concentrait très fort pour qu'on la garde encore un peu. Elle se concentrait à s'en rider le front de l'intérieur elle se concentrait plus fort encore qu'il n'était Dieu possible et traquait mammifère avec force crochets. Un samedi soir enfin elle terrassa la bête. Au salon les adultes achevaient le café devisant de tracas et de bons sentiments. Madame Delcours orchestre demain une vente de charité dans le quartier les petits Éthiopiens manquent de tout vous savez. J'ai lu dans le journal qu'un ouvrier en une journée gagne plus que tout leur PNB vous rendez-vous compte. Et la mère d'ajouter l'Occident qui gaspille. Et la voisine de dire et les gouvernements qui ne pensent qu'au profit avez-vous vu leurs ventres à ces pauvres petits gonflés Jésus gonflés c'est une pitié. Et l'enfant de conclure je suis tellement outrée. Pendant que l'assemblée se pâme et la cajole l'enfant soupire bravement tandis que le parquet de son studio cortex se pare de la dépouille de l'ennemi en carpette. Vous savez chère amie qu'il existe des écoles pour les enfants si doués. La mère jouit de l'effet gratouillant l'occiput du docile ouistiti et répond en souriant oui bien sûr mais les tests à passer risquent de la perturber. Soazic a parfaitement raison dodelina de la permanente la voisine. Sa maturité lui sera utile en temps et en heure. En temps et en heure répéta l'enfant dans son lit fer forgé. En temps et en heures. Ça fait combien de jours se demanda l'enfant avant de s'endormir la joue irradiée par la chaleur poisseuse de la fourrure brunâtre recouvrant l'oreiller.

★

L'enfant pensait chaque soir qu'elle se rapprochait un peu plus du matin où elle ne serait plus l'enfant. Elle pensait qu'un matin son corps s'éveillerait constitutionnel et que les mots tous les mots du petit cahier rose et même du dictionnaire s'échapperaient de sa bouche dès les paupières décloses. Elle pensait qu'un matin il serait enfin temps. À la messe le père Gilles avait conté dimanche l'histoire des langues de feu. Elle n'en voulait pas tant même s'il est vrai parfois que quand rentrait le père elle aurait bien aimé lui répondre en arabe un peu pour l'effrayer et faire croire à la mère que sans ses stratagèmes elle était au fond quelque part tout au fond vraiment intelligente.

Elle en avait aussi assez d'être l'enfant. Elle songeait même parfois que quand elle serait grande le père serait forcé de lui donner un nom. Elle s'interrogeait souvent sur la manière dont se manifesterait le basculement. Le basculement du neutre au genre individuel. Quel effet ça pourrait bien lui faire à elle d'entendre le père la nommer. Si les coups s'évanouiraient sous le charme de l'appellation. Si Chloé prononcé équivaudrait au philtre au Sésame ouvre-toi ou si le ceinturon saurait battre mesure. Si le père ne frappait que l'enfant négligeable ou si c'était son être tout son être quel qu'il pousse qu'il voulait ratisser le tuteur à la main. Si quand elle serait grande il l'appellerait la grande et non plus donc l'enfant et que toujours sa voix précéderait la torgnole. Elle se disait aussi que peut-être le père dirait Chloé ma fille. Et que de la sexuer et que de dire son nom amènerait le père à demander pardon. Et que d'avouer enfin la génituration amènerait le père à se dire c'est ma chair et à cesser de fait toute mortification. Elle se demandait quel jour serait le jour où elle sera grande. Elle demanda à la mère. La mère lui répondit que cela prend du temps et que cela dépend.

L'enfant se dit alors que ça pouvait arriver d'un jour à l'autre. Avant de s'endormir quand la date du retour du père s'approchait l'enfant s'imaginait la scène. Il faisait bien doux au-dedans de son ventre. Les larmes parfois aux coins amandes perlaient. Ce serait l'été. On aurait dit que papa m'aimerait. On aurait dit qu'en rentrant dans cinq jours papa dirait bonjour Chloé. Il dirait même oui carrément Chloé Chloé tu m'as manqué. On aurait dit que maman serait tellement contente qu'elle aurait fait un grand feu dans la cheminée comme à Noël et même si ça ne se fait pas du feu en plein été et même s'il ferait tellement trop chaud dans le salon on s'en foutrait. On aurait dit que papa me prendrait dans ses bras qu'il me dirait je t'aime ma petite fille chérie je t'aime et même qu'il m'embrasserait. Sa barbe piquerait les joues même que du coup ça chatouillerait. Alors papa irait dans la chambre du fond qui sert aux invités quand ils ont trop bu pour prendre leur voiture et il prendrait la grande caisse en bois qui est rangée sous l'établi. Il rirait en disant Soazic aide-moi voyons c'est tellement lourd. Alors maman prendrait un côté de la caisse et on jetterait tous les jouets de papa qui font mal dans les flammes et ça serait drôlement joli et on chanterait des chansons comme avec les louvettes le jour de la Saint-Jean. On aurait dit que papa ne crierait plus jamais. On aurait dit que maman serait fière de moi. On aurait dit qu'on irait se coucher très très tard. Que maman viendrait me border en m'embrassant très fort. On aurait dit qu'on aurait eu un magnifique mois de juin.

Si l'enfant tenait tant à n'être même que simplement plus une enfant c'était aussi pour que les mots nouveaux soient si nombreux qu'elle puisse parler à la mère. La mère n'aimait pas parler aux enfants. La mère enseignait le français aux grands. La mère partait au travail avec de très gros livres contenant de très belles phrases que l'enfant déchiffrait difficilement. Parfois la mère racontait le contenu des livres avec des mots simples pour tester disait-elle le potentiel de l'enfant. L'enfant aimait les histoires de la mère, même si les personnages mouraient souvent et parfois même avant la fin. L'enfant enviait les grands car la mère les disait bien plus intéressants que les petits enfants. Elle aurait aimé qu'en classe la maîtresse lui donne un livre comme ceux qui remplissaient la sacoche de la mère. Mais chaque jour *Marie aime la soupe de maman* les cours de lecture s'entêtaient *la soupe de maman est à la tomate* et l'enfant s'ennuyait *maman a une robe rouge* en attendant d'être grande *la robe de maman est jolie* un jour. Elle le savait évidemment qu'un jour elle serait grande, l'enfant. Que le père lui donne ou non un nom. Un jour l'enfant serait grande, ça va de soi. Tous les enfants grandissent se disait l'enfant. Un jour l'enfant sera grande mais la mère ne lui enseignera pas le français. Ce serait embarrassant tu comprends disait la mère. L'enfant comprenait. Et quand l'enfant fut grande un jour elle comprit d'autant plus elle comprit tellement trop que toujours le chagrin lui martèlera le cœur. *Papa fait de la soupe à la maman. La robe de Chloé est rouge : la plaie de maman est jolie.*

Vous gémissez dit-il. C'en est indisposant. Si la mère vous nommait ce pût être suffisant. Il est nombreuses fillettes rejetées culturel embrumeuse déception au creuset cervelet espoirs patriarcaux. C'est un vain souterrain qui crépite sous vos ongles. L'intrigue surexposée lorsque l'enfant paraît n'est pas en soi la clef du velouté homard assaisonné rancœur piochez ailleurs vous dis-je. Votre mère elle non plus n'aspirait pas aux dés des hasards aux seins ronds. Rembobinez vous dis-je lâchez sépia miteux vos épaules digression ploient sous la pellicule ce n'est pas là que germe la métastase du crime.

Reprenez somma-t-il. Reprenez au serment de la génuflexion. Il est rare de servir carte sur table le mobile le père n'était pas joueur peu étonnant si tôt qu'il ait dû se coucher. Astreignez-vous maintenant à retourner le chien qui dévora à l'os la chair trop familière la reine sur le carreau n'est jamais celle qui croit manquer d'air et de cœur. Ce serait trop facile. Détrempez-vous un peu noyez-vous dans les vers il est prématurés qui chatouillent embryon c'est un tombeau rieur qui nargue la loi salique.

Vous dites être plus que l'homme mais vous vous attelez toujours à susurrer cryptages là où n'importe qui voit plus clair qu'eau rochée. Votre savoir tâcheron ne constitue en rien le crochetage de serrure. Vous vous appliquez docte à la déperdition envoûtez à l'errance car plus le labyrinthe me sera abyssal plus le buis écorchera coudes genoux et soma plus votre compte en banque s'en trouvera satisfait. Ce que j'ai fait, docteur, j'ai cru le devoir faire. Songez qu'à chaque séance j'aurais pu faire bien vite si vos sourires mesquins n'avaient désorienté incantation girouette le chemin trace net sur l'asphalte distendu. L'enfant disait *pourquoi* le loup montra patte blanche. J'étais alors trop jeune pour fermer bobinette et chevillette, cher rat. J'avais pourtant compris je ne suis pas idiote. Mais entre le savoir et la seule intuition il y a je le crains plus d'une fosse aux oursons. Ce n'est pas mon histoire que je devais tisser Pénélope voyez-vous a souvent mieux à faire. C'était leur éboulement leur propre Hiroshima et sans ombre incrustée aux albums de famille il me fallait pour ça avoir plus de neuf ans. Il me fallait pour ça cueillette belle de mai quand me reviendra le temps des cerises les panses parentales bâfrant pissenlits seront toutes en fête. Mûres bleues fraises des bois avanies framboises mamelles du destin j'ai de l'urticaire.

Le silence fit-il. Pour mieux ajouter. Sous quels sceaux vous dis-je vous alliez au parc sale petit secret. Dans quel seau vous dis-je remplis-

sez pelletées le poids des décombres et des crus-
tacés. La maison de verre le verre est de sable par
composition florale orchidée la maison des
morts hélas l'aorte était brisée je vous attendrai
toute ma vie ne dit pas la mère je ne vous attendrai même pas neuf mois. Voilà qui est mieux.
Cessez de pleurer. Je vous attendrai toute ma vie
ne dit pas la mère. Je ne vous attendrai même
pas neuf mois. De juillet bleu à mars terrible j'ai
tricoté maille à l'endroit en vain pourtant maille
à l'envers. Je ne vous attendrai même pas neuf
mois. Je ne vous ai jamais attendue. Je suis morte
précoce comme pour mieux t'avorter. Sans la
salve fatale rien rien n'aurait changé. Tu es cause
première. Sans le ténia honteux sans ta présence
abjecte au creux de mes entrailles à moi destin
radieux tu es le clinamen le plus odieux qui
soit quand bien même espérais-je bientôt quitter
ton père chaque matin décliné au vu de ton
minois me renvoyait la cause de ma perte annon-
cée. Je ne te salue pas, toujours je te maudis.
J'aurais aimé être veuve et par trois fois stérile
je t'ai vomie la vie si contrainte et forcée cha-
grine-toi l'orpheline aux étoiles rabotées. Quand
tu disais maman chaque syllabe détachée me
violentait les pores aiguillon du remords. Ma vie
mon doux gâchis par ma chair exultant un fragment de seconde entre les bras brassards d'un
passant officier. Combien de fois ma fille mon
tourment mon dégoût ai-je espéré qu'enfin tu ne

sois qu'un mirage. Que dans les draps bien frais studette estudiantine dans le fleuri Beyrouth où la guerre n'était pas, pas encore comprends-tu oui tout m'était possible je m'éveille à nouveau. Ma Chloé mon erreur comprends-tu ton prénom je te crachais en mars à la vie à ma mort pensant t'inoculer cancer du nénuphar et c'est sous ta couronne roses et affreux lilas défraîchis sur le marbre et c'est sous ton ruban tes dorures mauvais goût du médiocre à ma mère que j'ai fini première enterrée en juillet. Ton père m'a tuée 30 juin et tu m'as ensevelie le jour même calcule bien le décès plus trois jours car c'était les vacances les fossoyeurs manquaient. Et tu m'as ensevelie le jour même moins neuf ans de ta procréation. Le jour de cet orgasme qui t'ordura en moi. Les temps sont accomplis. Ta survie si complète. Sois maudite, te dis-je, fille indigne de moi, le cruel dieu de suif toujours te poursuivra.

Vous vous trompez assomma-t-il. Vous vous trompez encore et de cause et d'outil. Le pathos il est vrai vous va si bien au teint. Vous teniez dragée haute m'accusant de vous perdre. Vous prouvez chaque instant vous heurtant Minotaure que votre fil de soie se brise angles cristallins vos couloirs sont profonds reprenez le divan vous frôlez le tombeau la terre est odorante c'est son moindre défaut. À présent respirez. Pleins poumons je vous dis. Laissez la langue au chat reprenez une madeleine. Votre thé refroidit.

*

Or parfois l'on se doit de s'inquiéter d'un songe quand les larves mémorielles incessamment vous rongent. Car pendant des années accoudée à mon lit maman chanta nocturne de ménades homélies. Et ma vie s'engluait dans la déconfiture : quand pourrait-on m'aimer, moi l'Antigéniture.

*

L'enfant avait un jeu nommé le Memory. Il s'agissait kyrielle de cartes allant par deux. Les carrés mélangés face contre la moquette il fallait retourner quatre pas plus à chaque fois et retrouver les paires. Les icônes étaient gaies fruits légumes et objets reproduits aquarelles pastels rotondités. C'est un excellent exercice pour faire travailler ta mémoire disait la mère. *Pomme Crayon Raisin Robinet recommence.* La mère tenait particulièrement à ce que la mémoire de l'enfant fût optimale. *Pomme Cerise Clef Arrosoir concentre-toi enfin.* La mémoire permet d'être intelligent plus vite disait la mère. *Pomme Clef Moufle Balai à présent réfléchis.* L'enfant ne savait pas si la mémoire permettait d'être vraiment plus intelligent. *Citron Cerise Clef Casserole on dirait que tu le fais exprès.* Par contre elle était sûre que la mémoire était le meilleur moyen d'être plus malheureux. *Pomme Château Valise Parapluie dis-moi que tu veux ta claque tout de suite.* Peut-être même le plus malheureux possible. *Clef Anneau Abricot Radis tu l'auras pas volée celle-là.* Au zoo l'enfant avait beaucoup de peine en regardant les éléphants. *Clef Pomme Clef Mandarine tu vois quand tu veux.* L'enfant n'aimait pas les souvenirs. Elle n'en avait d'ailleurs que très peu. Elle donnait du pain dur au plus vieil éléphant du Jardin d'Acclimatation lui caressant la trompe désespérée toujours de savoir que la bête ne pouvait oublier la savane nourricière le massacre de sa meute la chaleur et le reste. Tout le reste que l'enfant se savait incapable d'imaginer un peu. Le jeu du Memory l'enfant le détestait car plus elle excellait à regrouper les paires plus elle savait sourdine que s'imprimerait en elle à jamais le regard terrible du géniteur. Aussi. Elle détestait la mère de s'acharner toujours à lui rendre mémoire perfectible et sans fond. Un jour elle serait grande jamais elle n'oublierait jamais elle ne pourrait javelliser souvenirs détacher à grande eau combien même lacrymale la rage et la fureur du père si trop puissant. Quand elle laissait hasard ses petits doigts courir sur les carrés dos bleu et que se découvraient les complices à la pioche que la mère disait oui et parfois même très bien, l'enfant sentait la presse encre tiède jus épais rouler son cervelas fines tranches à la boucherie. Papa fixé en elle papa fixé en moi à la tendre amnésie se dérober chaque jour application véreuse du dressage maternel. Quand bien même bien plus tard incantations si vaines scotomise ma chérie suppliait-elle alors refermant paumes rougies genoux d'adolescente. Quand bien même bien plus tard. L'icône resplendira résistante sous l'éponge impossible à passer. Le père est minéral trauma sédimentaire le sable dans les souliers se cache à la semelle c'est un fait bien connu des enfants du limon.

*

La roche pulvérulente qui se tapit aux plinthes écaillées des regrets. L'appartement est grand et pourtant de ses ongles enneigés de carences l'enfant gratte petit chiot les résidus collés encastrés on dirait qui se refusent toujours à intégrer moutons nébuleuse de poussières. L'enfant gratte petit chiot il n'y a rien à faire qu'à gratter tout le jour qu'à gratter toute la nuit peut-être jusqu'à dimanche car l'enfant est punie. L'enfant rongée remords par la faute accomplie est séquestrée en niche car l'expiation n'est saine qu'oxydée de carbone. Puisque sale embryon résista extraction puisque l'œuf refusa alors d'être étouffé cadavrons au placard l'erreur originelle. La faute équationnante tirons un trait vous dis-je. Soustraction de la garce aux cris multipliés.

Dans le placard cuisine le réduit pour déchets la porte close ainsi sur l'entêté fœtus qui poussa de travers l'enfant s'occupe un peu recensant étagère mon toit est Pomme Raisin ma maison Balai Clef restée dans la serrure si personne ne me force à retrouver Château je pourrais un matin oublier noir et bois. L'enfant n'oubliera pas c'en est mathématique. Elle raclera long-temps les recoins des penderies les recoins des placards surfaces non habitables lui dira un agent immobilier un jour. Et toujours s'appliquera à remplir ordonnée chaque étagère haut bas fragile chaque étagère maux bas stérile consommation quelconque objets dernière nécessité empilés strates névroses. Si mon placard est plein à ras bord à vomir si mon placard dégueule je ne peux y rentrer si mon placard s'occluse on ne peut m'y ranger. Va donc ranger l'enfant ordonnait rouge le père. Fille et mère se levaient. La mère ouvrait la porte enlevait la serpillière pour ne pas la salir et l'enfant s'encastrait. Un jour vers ses neuf ans l'enfant avait grandi un peu pour faire exprès. Une croissance trop rapide pour être honnête s'était insurgé le père car le père savait tout. Une grande carcasse mais l'esprit ne suit pas observait sévèrement la mère qui était pédagogue. Un jour vers ses neuf ans la carcasse fut trop grande la porte ne fermait plus. Le père tenta alors de dévisser la planche. La mère fit remarquer que la place manquerait pour ranger les casseroles et les fruits protégés. Le père somma silence et alla établi quérir outils précieux. Les taquets trop rouillés le père sortit la scie et se coupa le doigt. Une belle entaille profonde qui jaillit en carmin sur l'émaillé carrelage. Cassandre épidermique annonçant menue flaque le poisseux carnaval qui attendit dix mois pour s'épancher cuisine. Le père torchon index la mère à ses côtés courant-d'aira de suite hôpital le plus proche. Le derrière dans la sciure et rhésus paternel l'enfant put constater que dès quatre-vingt-deux le service des urgences n'était pas très au point : les parents mirent trois heures avant de revenir.

L'enfant comprit enfin que rien ne changerait avant que le cher père n'exécute sa sentence. L'enfant comprit enfin. Le reste n'est que jolies morsures.

*

La souris est verte. Le libanais rouge. La peur panchromatique. Je triche avec les noms car les noms mirent du temps avant de s'immiscer dans l'étroite existence qui me tint lieu de cœur. Poinçonnage nominal accrochant bien des grappes de lilas et de ronces avant d'abandonner les divers substantifs. Avant de m'incarner par-delà adjectifs. Je dis : je triche. Pourtant. Non pas encore. Ou plus maintenant plutôt. Le temps est élastique la vérité cenelle à la baie étendue qu'importe l'anachronisme qui grimpe en lobélie du moment que les glaires couronnent le mémorial du moment que florale reste l'expectoration. Il n'y aura personne tapi au creux poumon. Il n'y aura personne dans un mois quelques heures. J'appliquerai le curetage avec ténacité fin du salmigondis je briserai le verre mais dites-moi donc comment on fait brûler le quartz je ne peux pour l'instant que malmener à charge que retourner civière le sens du sablier.

Même à l'état civil on me changea deux fois prénom et patronyme. Quand les parents quittèrent le Beyrouth bombardé le père abandonna première identité au profit d'un baptême neuve nationalité. Sur le papier l'enfant avait un long prénom. Un prénom composé. Avec un trait d'union. Un trait d'union liant factice les deux parents incapables dès ce temps de s'accorder sur rien. Encore moins sur prénom désignant conséquence de leur fortuit coït estival grimacier. Lorsque quelques années après leur arrivée en France le père obtint le droit de simuler sa franchouillardise la mère fut soulagée. Porter un nom arabe dans les salons briqués n'était

guère à son goût elle en était gênée. Enthou-
siasmée sûrement par le nouveau départ la
mère choisit Sylvain pour son époux Sélim. C'est
tellement plus joli sourit-elle en voyant le pas-
seport refait. Et puisque tout était peut-être
enfin possible la mère en profita pour raccourcir
le prénom de l'enfant. Espérant probablement
que celle-ci prendrait moins de place après
l'opération. Le trait d'union chuta on y mit une
virgule. Le trait d'union chuta mitose second
prénom. Le patronyme français qu'endossa la
famille fut appris à l'enfant. On lui fit répéter
je m'appelle je m'appelle. On lui fit ajouter je ne
m'appelle que. Je me suis toujours appelée. C'est
vraiment plus joli ne cessa de sourire la mère
ce soir-là. La mère changea l'enfant d'école dès
la fin des vacances afin d'étrenner toute quiétude
le néopackaging familial désormais présentable.
C'est lorsque la maîtresse la présenta en classe
que l'enfant constata qu'il lui manquait un bout
du prénom habituel. Elle se tut sur le coup puis
s'enquit à la mère de si c'était normal. C'est
quand même plus joli lui expliqua la mère en
faisant chauffer l'eau. Quand les pâtes furent
servies, l'enfant se dit qu'au fond tout ça n'était
pas grave puisqu'à part à l'école jamais personne
ne l'appelait.

Et puis l'enfant fut grande et le sang était loin
et tout le reste aussi. Elle se maria croyant et cela

malgré elle devenir quelque chose peut-être même une personne. Elle n'y avait pris garde et lorsque la grand-mère blêmit qu'avez-vous toutes avec vos noms arabes, ta mère mit des années à s'en débarrasser et toi qu'est-ce que tu fais tu en reprends un autre oh c'était bien la peine. Et lorsque la grand-mère s'emporta gémissant elle fit taire Tirésias qui glapissait tréfonds méfie-toi l'alouette il n'y a pas que le nom. Le nom ne veut rien dire pour toi je le sais bien mais songe enfin fillette que ton époux peut-être n'a pas que consonances et allitérations. Tu te mets en ménage au lieu de l'avoir fait : prends garde le sable en lui est bien plus qu'un parfum. Prends garde paludéenne est la promesse donnée prends garde car à l'arène tu risques d'être jetée. Elle ne porta jamais le nom de son mari. Il n'y tenait pas trop. Il ne tenait à rien, d'ailleurs. Et surtout pas à elle et surtout pas à moi. La bague se vit brisée au bout d'un an et demi. Le nom fut raturé. Encore un gribouillis.

Et puis le sang revenant elle décida un jour de changer par elle-même la trace état civil. Son entourage inquiet eut la douce naïveté de se soucier alors pataquès schizoïde le nom est un repère le nom est capital sauras-tu qui tu es. C'est pourtant d'accoucher pour de bon de moi-même qui me permit enfin de dégéniturer les salaces

particules et pleutrasses mandibules qui s'éva-
nouirent enfin tout du moins je l'espère. L'enfant pleurait toujours. Chloé s'est immergée.
Chloé cherchait l'amour. C'est moi qui l'ai
trouvé.

Ça aura mis du temps des tas d'œufs à la
coque. Ça aura mis du temps des tas de tourni-
quets. Mon ongle sur la paroi fait tinter le cristal
ça décolle les granules qui voudraient y rester.
Au bout de dix mille jours le phénix a chanté.
Quelque chose d'éraillé au début car bien sûr
sa voix était enrouée. Mais il lui a suffi l'ablation
de la pomme. C'est la faute des Adam les cras-
seuses laryngites.

★

Le père l'avait visée mais il ne la tue pas. Le
père savait sûrement que le meilleur décès qu'il
pouvait lui offrir consistait en ce legs ce lien
inaliénable. Le père sait toujours tout. Lien du
sang bien touillé folie en héritage. Le regard
du chacal qui déchiquette sa proie. Le regard
du chacal deuil pour deuil an pour an. Le blanc
de l'œil s'est orangé quand papa s'est nagasakié
le crâne. Le blanc de l'œil s'est orangé tout seul.
Quelques secondes avant que le plomb ne trans-
perce verticalement si verticalement sa tête.
Orangé complètement. Le jus coula tout rouge

ailleurs. Le jus coula tout rouge la maltaise mascarade le malaise bigarade le cuir assaut se meurt mais ne se rendra pas. L'enfant ne mange jamais d'agrumes car l'enfant a l'estomac fragile et plus tard elle eut un ulcère. Très tôt. Un petit trou bien vertical si vertical dans la paroi de l'estomac. La bile coulera ailleurs. Pas très loin non bien sûr. Car l'enfant n'ira pas très loin. La mère le lui a dit car elle est pédagogue.

Le détail bien crucial notera l'inspecteur est la non-assistance. Car durant la belle crue des liquides orcéines car durant qui l'eût cru le grand-père était là. Le 30 juin la maman en instance de divorce avait fait ses valises et la malle de l'enfant pour partir en vacances au fond du Finistère. La mère avait prévu un juillet aux dolmens repos à la bicoque de ses propres parents. La mère n'avait pas de permis de conduire. Elle avait demandé au grand-père de venir chercher à la maison les fuyardes en voiture. Le grand-père accepta et fixa le départ en fin d'après-midi. Il souhaitait effectuer le voyage en soirée pour s'assurer fraîcheur et chemin dégagé. La mère pensait quitter la ville et puis le reste sans prévenir son mari. La mère pensait finir le 30 juin cette sale vie. Elle avait dit la veille à l'enfant étonnée nous parlerons de tout cela, nous ne reviendrons plus. L'enfant avait dormi la nuit du 29 juin en rêvant dunes bretonnes et père anéanti. Le père depuis trois jours n'était plus au logis. Il n'était pas en mer. Juste quelque part parti. Le père disparaissait souvent une poignée d'ères. La mère grinçait au fleuve il va voir son amie. L'enfant se demandait quelle femme pouvait de fait accueillir rose le père et son cortège crissant de peurs incalculables. La mère un jour lâcha son amie il la paie. L'enfant plaignit grandement l'infortunée femelle réduite à voir le père pour combler compte en banque. Au moins se disait-elle *une sait le faire payer*. Le grand-père était là venu chercher fille petite-fille et bagages bien remplis. Le grand-père était là accoudé Frigidaire sirotant Ricard frais quand la porte s'ouvrit. La mère pensait quitter le père sait toujours tout. Le grand-père en voyant l'arme vipérée du père posa verre en chemin et courut au couloir. Il était quatre pattes réfugié aux toilettes quand retentit la salve liquidation maman et autoparricide. Il était quatre pattes et n'osa ressortir de ses latrines cachette qu'une demi-heure au moins après qu'eut cessé tout bruit. L'enfant était déjà exposée aux voisins lorsqu'il croisa les flics à l'angle de l'escalier. Pendant déposition commissariat police le grand-père dit fièrement je me suis accroupi car j'ai tout de suite pensé il va tirer à hauteur d'homme. L'inspecteur se durcit lui répondant monsieur vous auriez peut-être pu penser à autre chose. Non-assistance à personne en danger s'agita son index. Non-assistance. Le grand-père enfermé dans les chiottes maisonnée n'avait pas assisté au massacre dix-neuf heures. Non-assistance. Où allez-vous placer la petite à présent demanda une dame blonde en costume bleu marine. Avec nous pour l'instant. Ensuite nous verrons bien répondit le grand-père en se grattant genou à travers le lin gris. Elle a de la famille. Nous n'allons tout de même pas la mettre à l'Assistance.

L'enfant avait déjà la mâchoire cimentée lorsque dans la pièce sombre le grand-père raconta rythmé par le cliquetis rauque machine à écrire. L'enfant avait déjà le vagin bétonné quand elle se racontera le partage des démons qui sévissent à midi ou bien de cinq à sept. Le 30 juin mère tomba et surent se définir les avatars des hommes au cuisiné huis clos. Le tireur qui délite et le coureur qui rampe. Garcin au bas du mur ou douze balles dans la peau. Des assassins des lâches la queue gicle ou pendouille l'arc ou la débandade le clivage par nature ils sont ainsi vous dis-je il vaut mieux se méfier. Que ce fût inconscient ou organelle haineuse sa perception des hommes s'auréola vengeance méfiance mépris ombrelle chinoise papier crêpé. Que ce fût réactif ou sainte lucidité elle sut depuis ce jour que jamais d'ordalie ne pourrait en substance innocenter quiconque se mouvant sous l'égide de la testostérone. Sa rage envers les fils qui tous étaient Caïn se pliera désormais à une règle physique. Les circuits intérieurs machine informatique les circuits intérieurs odyssée sans espace ça clignote à l'écran *pulsions pulsions vitales* ça clignote à l'approche du moindre couillidé *pulsions vitales en danger* ça virusse disque dur quand un homme s'en approche le fire wall le sait ça finit par freezer *pulsions vitales terminées* la carlingue se rebiffe approche humanité le bloc noir et les singes la pièce est toujours blanche l'astronaute s'est paumé. *Selon la loi de Moore le nombre de transistors dans les processeurs double tous les dix-huit mois.* Selon la loi en cours le nombre de mises à mort dans le processus amoureux double à chaque nouvelle proie. Car quand l'enfant fut grande car quand l'enfant fut moi il était légitime qu'on les fasse tous *payer*.

Mais pour l'instant l'enfant a fait fondre le plomb aux interstices dentaires. Puisque. Elle n'ira pas très loin, l'enfant. Il y a des gens qui iront loin et d'autres non, lui expliquait la mère qui était pédagogue. Elle était donc prévenue. Elle ne pouvait s'en plaindre et elle ne s'en plaint pas. C'est pour aller nulle part mais le plus près possible que sa mâchoire scella émail tombeau premier. Le cri expulsé brut le hurlement terreur acheva phagédénique l'ascension échafaud.

Elle savait quelque part que Dieu la punissait. Que demander la mort d'une créature quelconque quand bien même corrompue est une injure à tous les buissons incendies. Commandement archaïque, Commandement Premier. Dès le mont Sinaï cela fut enseigné. Elle savait plus que bien que Dieu ne l'aimait pas car elle était une fille et que jamais des filles Dieu se laisse approcher. Et si les voies divines étaient impénétrables elle n'en restait pas moins abasourdie rancœur les poumons écaillés sous la solvatation du châtiment reçu. Si du père capitaine elle implora la mort elle sera par trois fois affligée maritime. Relecture Anderson quand sonna l'heure des comptes. Tu as voulu du père la chute irrémédiable la chute au marécage parricide écumant. J'accède à ta requête. Mais contre prélèvement. Un modique tribut : je t'enlève la maman. Ton souhait est exaucé. Maintenant il faut payer. Passe à la caisse Loloth, la facture est salée plus encore que les larmes par hectolitres versées. Car ma petite sirène, vois j'ai coupé la queue. À présent donne ta voix. Tu ne marcheras que mieux. Et pour dernier pontage ajuste ta galure. Le vent sera contraire, les sanglots déferlants. Tu ne seras plus rien, même plus même plus l'enfant. Tu ne seras plus qu'*elle*. Car tout part à vau-l'eau.

Il y a toujours trois actes. C'est un fait entendu. Il y a toujours trois actes. Et comme d'un fait exprès ce soir j'ai vingt-sept ans. Et comme d'un fait parfait à la table il est dit que trois fois neuf vingt-sept : acte I fut l'enfant. Le II se perd au bois car la morte fontaine laissa pleurer Madeleine jusqu'à ses dix-huit ans. Il n'y eut plus de capitaine pourtant tous la dirent vilaine avec leurs sabots à l'aine récurèrent la mitogène. Haut si haut avec leurs sabots. Le II se perd abois c'est un âge il est vrai qui est bien difficile. Le II se perd narquois l'enfant fut renommée et changea de famille. L'enfant fut grande le jour où elle délia sa langue en coupant le cordon l'ombilic et des limbes dérouilla les mots rouges empestant tétanos.

C'est pourtant simple dit-il. Vous exagérez tout. L'enfant grognait son neutre et son deuil lui permit d'accéder sexuation. Vous n'êtes jamais contente non jamais satisfaite. Prenez une cigarette. Que pensiez-vous petite qu'il pouvait se passer. Vous fûtes témoin cuisine dénouement innommable pour tout individu benoîtement formaté. Chaque membre de la famille redoutait qu'un matin vous lâchiez le récit au petit déjeuner. Vous fûtes enfant rustine du silence imploré. Le vestige de la honte le fossile clinamen qui perturbe le bon ordre attire regard inquiet des voisins indiscrets. Ils ne pouvaient trouver le nom. Ils n'en avaient pas les moyens. Comprenez-vous pauvrette. Pas les moyens. Qu'ils fussent bourgeois replets intellectuels de gauche lumpen prolétariat plutôt que les médiocres que vous avez connus. Lorsqu'ils tentaient en vous de lire traces et émois ils souffraient d'alexie leur front de désarroi se plissait en sillons. Ne leur en voulez pas. Que votre haine micacée vous amène cycloïde à ressasser vos nuits sont plus laides que leurs jours. Que votre sale courroux engobe écervelé les minutes et les heures de sable mémorial. Passe encore la clepsydre peut toujours déborder. Mais sachez reconnaître le bon grain de l'ivraie. Et comprenez dès lors que rien ne pût pousser.

Il y a toujours trois actes. C'est un risque encouru. Il y a toujours trois actes. Et comme d'un chant secret la villanelle fébrile se brisa en aigu ce soir j'ai vingt-sept ans. Je ponctue pesticide le ténia paternel ça ne réglera rien. Je ne suis pas la première à m'y être essayée. Il est coriaces lombrics qui résistent à la plèbe des couteaux de cuisine des hachoirs de l'oubli des mixeurs outranciers. Musulmans purifiant chairs et âme agenouillés quand bien même maronite fût le père à crever le père à percer dru le père à évacuer. Le sable est-vif argent le sable a ses raisons et puis celle du plus fort est toujours la meilleure. Je ne pourrai lutter. C'est un fait entendu. Et par tant d'orifices et par des sacrifices que Calchas en personne ne pourrait suspecter.

Le poignard à la main je trifouille l'au-dedans scrutant les deux petits si petits trous qui appâtent pelle et seau quand on pêche la palourde. Papa est déjà mort il ne peut respirer. Papa n'est pas bivalve ne fut pas comestible ce n'est pas un mollusque il est arénicole. Alors. Si jamais d'aventure ou d'ire claire j'arrivais par mégarde ou traquenard je ne sais à lui transpercer corps plasma moelle épineuse. Il ne réciterait rien le père humus bêché. Il ne réciterait rien. Faut pas compter sur lui pour la palinodie.

Ça ne sert pas à grand-chose le ratissage arènes. Ça ne sert qu'à gratter toujours en petit chiot ça ne sert qu'à gratter la surface palimpseste. Réécrire son histoire plumeau révisionnisme espérant malgré soi que la main paternelle stylet automatique se manifeste enfin pour implorer pardon en marge ou interlignes. Mais ça n'existe pas. Et tout ce qui s'étend et tout ce qui se dit reste si proche si trop proche du vécu anémié. Non il ne ploiera pas le si joli papa car personne ne s'aima sous les palétuviers. Il ne ploiera jamais. C'est moi et c'est moi seule qui dois être redressée.

C'est parce qu'à l'entracte à chaque fois j'ai cherché. Les bondes de la baignoire les siphons lavabos. Si ça serpentait creux au fond des tuyauteries. Ça me plombait si fort la quincaillerie nitrate. Vous n'avez pas idée. Une amie m'avait dit notre génération peut avoir plusieurs vies, faudra juger sur pièces. J'ai éteint la lumière et conclu que peut-être plusieurs pièces c'est possible, on jugera la survie si la survie éclaire.

Alors. Reprenez sourit-il. Reprenez pointillés le récit sédiments. Reprenez la livèche cessez de ruminer. Nul problème ne résiste au Grand Lithotriteur il s'y brisera les reins c'en est mathématique. Le rideau au musoir déplia ses drapés vous acheviez l'aurore pour vous jeter au jour. Vous nagiez quelques mois vers d'autres nébuleuses. Si la crampe vous saisit c'est que la cause est lasse d'être si hyaloïde. Il est temps à présent d'éventrer les anguilles avec la roche qui les abrite. Il est temps de résoudre le taux d'hydrométrie si incommensurable pérennité mousson aux nocturnes oreillers. Reprenez minutieuse poussiéreux encéphale la charte perquisition. Retournez-vous sans crainte : elle est déjà chancie la charmante Eurydice. Retournez-vous longuement : *Il est bientôt minuit mais j'fais beaucoup plus jeune.*

*

L'enfant ne fut plus qu'elle. Elle finit par parler. Je vous l'ai déjà dit. Elle finit par parler et ne s'arrêta plus. Le elle fut prononcé éternel italique. Du bout des lèvres souvent de peur de les souiller. La contamination de l'anormalité ils la redoutaient plus qu'un cancer du côlon. À la rentrée des classes, plus d'un an écoulé après l'avortement parental, les grands-parents la déposèrent chez la sœur de la mère. Depuis l'incident lexical du plus gros mot de la langue française, la tante avait pris un époux et une dizaine de kilos rapport à une grossesse d'où lui avait échu une fille. L'oncle et la tante fêtèrent son arrivée au sein de la menue communauté en lui montrant sa chambre et en la priant d'achever son assiette de rôti de bœuf car au prix de la viande faut pas déconner. Ils lui recommandèrent de les appeler Papa et Maman désormais. Il était nécessaire qu'elle s'adapte de manière à ce que *personne ne se rende compte de rien.* Ils ajoutèrent que son patronyme différent du leur constituait déjà en soi une donne problématique. elle s'engagea à ne jamais répondre aux questions qui ne cesseraient de fuser, car les gens sont malheureusement si curieux. elle tressaillit au mot adoption. Puis acheva sa bouchée de petits pois en toute quiétude : Kelly était leur fille, Kelly avait trois ans, ils l'avaient désirée que nul ne se méprenne. elle était accueillie étant donné la situation. Pour le reste on verra bien. On n'allait quand même pas la mettre à l'Assistance. elle serait élevée au mieux. Ils feraient leur devoir. Ils l'éduqueraient neuf ans. Pour le reste elle verra bien. elle vit très rapidement : à la maison chaque jour elle dit Papa Maman. Au collège au lycée elle disait : mes parents. Et en elle elle grava frontispice baptismal : ils sont les hébergeurs.

*

Les hébergeurs comprirent fort tôt qu'ils ne pourraient communiquer avec elle. elle avait poussé de travers. Aucun tuteur quand bien même légal n'y pourrait rien changer. elle ne s'intéressait pas aux activités collectives que les hébergeurs nommaient : vie de famille. La vie de famille consistait principalement à passer l'aspirateur trois fois par jour dans la totalité de l'appartement, établir la liste des menus de la semaine avant de se rendre à Intermarché en Renault 5, raconter sa journée lors des repas, s'extasier sur le développement psychomoteur de Kelly, se promener dans la forêt de Saint-Germain-en-Laye tous les dimanches après-midi en s'exclamant c'est beau la nature et deviser des tracas quotidiens dont étaient inéluctablement responsables les socialistes.

En dépit des efforts déployés par les hébergeurs, qui s'appliquaient à lui faire découvrir les ineffables jouissances que procure l'inhalation perpétuelle de détergents en tous genres, elle restait hermétique au fonctionnement communautaire. Même le nettoyage hebdomadaire des vitres, activité favorite du foyer, ne lui arrachait que des soupirs de mécontentement. Plus grave, elle ne comprenait objectivement rien de ce qui lui était dit. elle ne retenait aucune des consignes données, s'acharnant à ranger les verres à pied à l'emplacement réservé aux tasses, utilisant le torchon à couverts pour s'essuyer les mains, pliant ses tee-shirts en deux et non en trois, ce qui était perçu comme une provocation. Aussi les hébergeurs courroucés hurlaient souvent sur la crétine. elle était incapable de s'intéresser à quoi que ce soit, même durant les sorties culturelles organisées durant les vacances scolaires. Une fois, lors d'une excursion en Alsace, elle eut même l'outrecuidance de retourner à la voiture en pleine visite du musée du Sabot. Les hébergeurs inquiets de voir leur équilibre existentiel menacé par cette entêtée idiote finirent par la confier aux bons soins d'un psychiatre, qui eut tôt fait de les convoquer à leur tour. En sortant du rendez-vous les hébergeurs furieux la firent asseoir dans le salon. elle a réussi à *manipuler* le docteur assena l'oncle qui n'acheva pas sa phrase en raison d'une trace suspecte sur la table basse qui nécessitait l'intervention immédiate du Pliz. La tante agita l'ordonnance d'antidépresseurs fraîchement rédigée sous le nez de la machiavélique locataire à titre hélas gracieux. Tu as peut-être réussi à te mettre le toubib dans la poche mais nous on voit clair dans ton jeu conclut-elle en remettant un bibelot à sa place. elle voudrait nous faire passer pour malades alors que c'est elle qui a *un grain*. Et elle le sait parfaitement c'est ça le comble rugit l'oncle avant de congédier l'objet de tous les vices. elle devint la saleté la folie le désordre la fourberie faits adolescente. Désormais elle serait désignée systématiquement coupable des moindres maux domestiques, puisqu'il était évident qu'elle était mauvaise. La mauvaise graine le mauvais grain. elle a un grain comme son père répétaient à l'envi les hébergeurs.

Le grain du père. Toujours et encore. Là. Le grain du père en corpuscule immiscé organique et veule. Tapi ichoreux au-dedans métèques poussières irréductibles. Les hébergeurs pourraient passer l'aspirateur secouer plumeau se chiffonner elle portait la grenaille en elle. Le mica serait génétique se demandait-elle sous les draps. L'hérédité bien siliceuse au silence gravé intérieur. elle commença à avoir peur. Pas des hébergeurs non pas vraiment. elle n'était plus du tout enfant et savait comprendre les choses. Leurs troubles étaient obsessionnels et leur sottise trop compulsive pour qu'elle puisse craindre leur présence. Se contenter de les haïr lui restait alors suffisant. C'est d'elle-même et d'elle-même seulement qu'elle redoutait le moindre souffle. Le père devait être schizophrène chuchota un ami de l'oncle. Et dès lors elle tachycardia à chaque montée d'adrénaline. La colère ou la jalousie pourrait déclencher détritique dédoublement d'identité porte de jade à la démence. La folie bleue en potentiel qu'est-ce qui me prouve que j'y échappe se disait-elle souvent poltronne. Car elle était vraiment violente. Au collège elle dut se défendre au début de l'année scolaire. Le CES de basse banlieue charriait des garçonnets avides de coups bas et de mots bien durs pour qui débarque de chez les sœurs. Bientôt ce ne fut qu'un prétexte. Après quelques claques nécessaires à la distanciation vitale tout était matière à frapper. Les hébergeurs n'élevaient que la voix. Souvent pourtant car la sienne les insupportait. Au collège elle vidait le père sans savoir trop ce qu'elle faisait. elle se vidait de quelque chose consciente du à la manière de. Le proviseur restait bouche bée devant le hiatus abyssal c'était à en perdre c'est certain ses repères de pédagogie. Meilleurs étaient ses résultats pires étaient ses emportements. Mais jamais contre l'autorité. Mis à part en mathématiques. Ses cibles les plus privilégiées étaient les filles dites à maman et les professeurs scientifiques. Sur son bulletin de troisième ils inscrivirent : caractérielle. Comme un insigne fait au fer rouge. Lorsqu'au soir les hébergeurs lui exhibèrent la preuve du mal, elle feignit blême l'indifférence. Et dans sa chambre la clef tournée s'observa longuement au miroir. Sur son visage nulle trace pourtant. Un grain de beauté à la joue seul héritage tangible de sa lignée avec la mère. Petite cicatrice vers la tempe vestige d'une tempête paternelle. Le grain serait rentré par là. Ils ont dû mal désinfecter avant les quatre points de suture. Le grain serait rentré, c'est ça. Comment pratiquer l'extraction. Il faisait bien chaud dans la chambre logique c'était le mois de juin.

Comment pratiquer l'extraction. Trouver la bonne pince épilante. Capable de saisir sec le grain capable de l'arracher de l'antre. Le poste à cassettes diffusait à peu près toujours la même chose. De la new wave plutôt pas gaie comme ça se faisait à l'époque. elle devait l'écouter au casque pour ne pas perturber la vie de famille. Les hébergeurs étant comme il se doit non fumeurs et très sensibles aux odeurs n'appartenant pas à la classe des ammoniaques, la consommation de pétards était exclue. Durant un temps, elle avait réussi à convaincre la tante que les effluves émanaient d'un encens quelconque. Mais en dépit d'une couverture roulée devant la porte et de l'ouverture de la fenêtre, les naseaux des hébergeurs frémissaient à chaque allumage, Kelly chouinait j'ai mal au crâne et la tante frappait à la porte en hurlant ça pue dans le couloir on se croirait chez les Arabes. Les hébergeurs ça va de soi n'appréciaient guère la culture moyen-orientale un peu trop présente à leur goût dans l'immeuble, voire dans le pays tout entier depuis la chienlit socialiste.

Dans la mesure où chaque nouveau psychiatre imposé demandait à rencontrer immédiatement les hébergeurs, ces derniers avaient fini par trouver une solution préservant leur équilibre communautaire. La folle était envoyée deux fois par semaine chez une psychologue éloignée du domicile. Et le médecin de famille, généraliste incapable de diagnostiquer la moindre angine sans compulser ostensiblement ses ouvrages anatomiques pour des raisons restées mystérieuses, lui rédigeait une ordonnance mensuelle à grand renfort d'anxiolytiques et de somnifères. elle avait donc quelqu'un à qui parler de ses problèmes et par-delà leur devoir accompli les hébergeurs s'assuraient qu'une charmante camisole chimique les mettait à l'abri du moindre

incident. Aussi les boîtes de Temesta et de Lexo-
mil ornaient sa table de nuit, attirant la concu-
piscence de ses camarades de classe. L'ingurgi-
tation de bromazépam ayant l'avantage de ne
dégager aucune fragrance istanbulienne, elle
pouvait se gaver de cachetons en toute impunité.
elle se contentait généralement de quelques
comprimés sécables, réservant les roses pour
les grandes occasions.

elle pensait fort à l'extraction sans vraiment
savoir comment faire. Si le père est en moi c'est
peut-être de partout c'est tellement difficile de
le localiser. Pour s'amputer du père où faut-il
sectionner. Pour se délier du père que faut-il
trancher sec si ce n'est tout le moi si ce n'est
l'être entier. Le père se doit Surmoi mais il était
pulsion il était Ça sur moi il s'est fondu en Nous.
Ce soir-là fut premier puisqu'il y a un début à
tout. Ce soir-là fut premier peut-être aussi parce
qu'il était magnifiquement en juin.

À son réveil elle était seule et le resta durant
toute la semaine qu'elle passa au CHU de la
ville. Plus tard il lui fut rapporté que les hébergeurs la dirent en vacances chez des proches.
Plus tard il lui fut reproché de s'être ratée mais
personne ne s'en étonnait puisqu'elle ne réussis-
sait rien. Une infirmière lui dit vous êtes jeune
et jolie il ne faut pas vouloir mourir. À chaque

fois elle croisera ni tout à fait la même ni tout à fait une autre et la blouse familière elle ne l'écoutera pas sachant la ritournelle circonstance et surface sachant qu'à la marelle qui peut l'aimer au fond et surtout la comprendre. À chaque fois. elle fêta au lit blanc son lavage d'estomac en lisant une BD prêtée par un médecin. elle fêtera ses quinze ans de même un peu plus tard. Le grand-père à chaque fois viendra le dernier jour lui porter sa valise et la ramener au port. À chaque fois. Au printemps des seize ans la tante ne viendra plus déposer des affaires au service concerné. À l'hiver dix-sept ans le grand-père ne pourra simuler l'assistance avec sa vieille Peugeot étant sous perfusion pour cause de cancer généralisé. À chaque fois au réveil elle sera agacée et des doses mal choisies et de la porte forcée atroce promiscuité la clef fut confisquée sa chambre toujours ouverte les hébergeurs toujours toujours la surveillaient. À chaque fois.

Ne souriez pas cynique ce n'était qu'un appel on les connaît si bien les crises d'adolescence. Vous alliez le cracher j'ai vu la bave aux lèvres le cyanure colorant en bulles vos commissures. Ce n'est pas par lâcheté je n'étais pas un homme. Ce n'est pas par lâcheté que je n'ai pas sauté du haut d'un pont quelconque ou glissé sous un train. Comprendrez-vous enfin. C'est une question de décence. Quand on a assisté explosion cervelas quand on a essuyé la chair morte mosaïque on ne peut imposer son propre auto-dafé. L'overdose somnifère a cela d'avantageux qu'elle enduit de coton le vertige et le reste. Je ne pouvais de sang me vider comme le père. Je ne pouvais laisser de témoins maculés. Combien même de Clamence s'interrogeant derrière. Ça ne concernait rien ni personne à part moi. Que mon petit cadavre traumatise hébergeurs ça ne me touchait pas. Et même à la rigueur ça m'amusait plutôt de penser aux saletés que fait un macchabée quand survient la vidange. Encrasser l'édredon du fruit de mes humeurs ne me déplaisait pas je voyais la Javel la brosse et la lessive et surtout leur minois décomposé de rage la tache ne s'en va pas le sommier est foutu Chéri fais quelque chose. Jamais les hébergeurs ne quittaient la maison ne serait-ce qu'un week-end pour me laisser tranquille. La tante avait pour but d'être mère au foyer, ses seules passions au monde ménage famille patrie. L'oncle rentrait chaque jour à dix-neuf heures précises et chaque congé payé était organisé pour me coaguler dans leur soupe collective. J'avais trop peu d'amis pour me crever chez eux. Et je suis bien élevée. On ne meurt pas chez les gens ce n'est pas très poli.

Alors c'est à chaque fois. Qu'au retour viduité je m'en voulais tellement sans comprendre pourquoi. J'espérais qu'à défaut de mourir à la dune l'hôpital aux tuyaux avait pu dessabler les boyaux le cortex à défaut du cœur rance. Mais toujours chansonnette la crécelle veille au grain. Ils disent tuer le père les adultes empêtrés ils disent tuer le père pour pouvoir avancer. Mais quand le père est mort mais quand le père charogne comment le liquider sans se perdre autopsie. Comment tenir scalpel et surtout pourquoi faire la dissection cruelle d'os et de chair meurtris se traîner dans la fange s'abreuver de l'outrage je suis la chienne affreuse démembrant le mélange la lie du piranha disputer quoi ici que pourrais-je soulever contre cet assassin que pourrais-je soulever. J'y songe mais les chevrons infestés de termites ma maison est malade ma raison se salade les coups de lattes me minent je resterai équarrie par les nuits de comptines mon panier renversé Perrette au pot aux roses : y a un arbre je m'y colle dans le petit bois j'ai plus d'amant.

Développez mâcha-t-il. Développez les rapports entretenus extérieur. La cellule familiale étant métastasée c'est vers quels organismes que vous saviez chimio exposer vos rayons. Vous aviez des amis des amours des emmerdes à l'heure de la bohème c'est un triptyque commun. Quand bien même vilenie saumâtre des hébergeurs vous poussait à l'ictère et l'ulcère iconique vous vous deviez jeune fille d'épidermer élans ça calme toujours l'ichtyose à cet âge ça démange surtout dans votre cas.

Sa seule amie s'appelait Mathilde. Ensemble elles s'entretenaient hébéphréniques sillages. Les garçons étaient tous des cons les parents une race à exterminer la vie complètement merdique les filles étaient toutes des putains passez-moi le joint Alexandre. Mathilde était jolie mais semblait l'ignorer comme c'est toujours le cas puisqu'on n'est pas sérieux avant d'avoir vingt ans. Mathilde comprenait la question du sable. Mathilde était aussi endeuillée paternel même si le sien naguère ignorait la scansion du cuir lanières en fa. Mathilde comprenait presque tout à part ce qui touchait au sexe. Mathilde avait décidé d'être frigide. Elle trouvait ça très important. Un peu pour effrayer les hommes et surtout parce que ça restait incongru cette histoire de visite de bite qui va et vient à l'intérieur. Mathilde trouvait le corps bien laid et parfois fort indisposant. Aujourd'hui encore je crois bien. Mathilde était peut-être au fond trop intelligente pour constituer une adolescente correcte. Quand beaucoup tournèrent mal Mathilde ne tourna pas. Mathilde est de ces filles qu'on classe en minéral tant le roc reste abrupt mais protège des rafales.

Clairvoyez manda-t-il. Cherchez donc le point fixe quêtez au lucimètre. Quelle lumière réchauffa le psoriasis de l'âme. Quel flux sut assécher le ruissellement du crâne. Vous laisseriez entendre que votre amie et vous ne partagiez nullement la perception des chairs. Quelles circonstances caprices surent prismer uvulaires quelles circoncises caprines surent priser ovulaires. Ouvrez-moi grand la valve. La glyptique à l'écluse humecte sombre les estampes à chaque orfèvre sied petites morts améthystes. Du désir effilé aux jupons retroussés on retrouve fibroïne les œillades comateuses. Que les hommes à vos yeux embaument l'équarrissoir n'empêchait nullement que vous trempiez museau à l'édicule linceul. Car seules les vraies batailles se délitent aquarelles. Aucune contradiction ne peut être suspecte : les suzeraines simulent tant sybaritisme aigu pour mieux sortir Judith sur la couche noctambule. Et quand bien même naïve au grenu imploré vous chuchotiez l'attente la main crispée au lien. Et quand bien même vous dis-je. Vous pouvez m'expliquer. Les Guernica craquellent les cartes postales gondolent et l'asile va fermer.

Avant qu'il y ait contact il y eut maints soubresauts. Des guirlandes de soupirs au cardiaque artichaut. elle poursuivait l'amour et sans cesse en secret les tocades galopaient l'endocarde cafouillait. elle taisait tout cela. Craignant la bubonique pichenette du refus. elle attendit longtemps pour laisser la systole se trémousser à vue. elle avait quatorze ans lorsqu'aux mensonges d'idylle se substitua vivant un garçon aux baisers. La première fois qu'on lui a dit. La première fois que l'on m'a dit je t'aime je ne l'ai pas entendu puisque c'était écrit. Un bristol d'écolier cadenassé à l'agrafe qui déplié en quatre s'achevait sur les mots. Un rendez-vous heure mauve dans le parc hibiscus. La première fois qu'elle lut je t'aime elle a d'abord eu peur d'une blague. Et à force d'entendre ses camarades de classe et à force de palper le cotonneux carton elle est rentrée chez elle gonflée d'un je ne sais. Quelqu'un pensait à elle. Cela la surprenait. Quelqu'un pensait à elle le quartz irait rouler au loin au si loin d'elle quelqu'un saurait l'aider. Il suffisait pour ça qu'il l'emmène quelques heures quelques heures par semaine juste pour l'embrasser. Il suffisait pour ça qu'il la nomme quelques heures juste pour chuchoter Chloé tu m'as manqué. elle pensait que bientôt car quatre ans c'est vite fait quand ils seraient majeurs et de plus étudiants ils iraient à Paris vivre comme des adultes. Sur les adultes les grains coulent sans rien écorcher soupirait-elle heureuse en rentrant à l'immeuble HLM hébergeurs. elle ne dit rien du sable à son premier émoi. elle ne dit rien du tout. Sur le banc la peinture doucement s'écaillait durant les heures plein ciel des maladroits transports. Car à part s'embrasser à s'irriter muqueuses car à part raconter des faits bien anodins son petit amoureux ne lui soustrayait rien. Un soir elle s'emporta de s'ennuyer un peu. elle ne songeait nullement activité scabreuse, lui non plus il est vrai. Mais sans qu'il y eût commerce elle souhaitait qu'ils échangent bien plus que l'amylase. Le garçon repartit interdit et vexé. Le lendemain une amie déposa creux de paume un bristol tout scotché car les agrafes manquaient. La première fois qu'on la. La première fois qu'on me quitta je n'entendis plus rien puisque c'était écrit. La première fois qu'on la quitta bourdonnèrent salicornes d'un bruissement acouphènes jusqu'au tympan crevèrent l'écorce et les salants. Et toujours en rosebud frissonnera petite l'enfant gâteuse déluge l'obsession abandon la névrose tétanique le feu crépite au glas. Ce n'est d'ailleurs qu'une fois le papier déplié qu'elle se glaça entière sous le poids du fatum. Son premier amoureux avait signé *Sylvain* et depuis quatre mois elle le savait très bien sans que pour autant l'écho lui ébranlât conscience.

Délogez glaira-t-il. Délogez procédure le temps de probation. Combien d'années encore poursuiviez-vous le père à travers paladins sans comprendre la chanson. Combien d'années encore égratigniez-vous aigre l'intérieur pour soustraire ammophiles détritus sans voir qu'aux jardiniers vous attiriez râteaux. Combien d'années encore la cécité replète vous jeta corps et larmes au rocheux granulé. Il serait impossible que dis-je bien improbable *je l'évite partout partout il me poursuit* que si longtemps aux ronces le grenage ait crissé.

Il y eut des kyrielles qu'elle sut la tourterelle torturer pigeonnier pour satisfaire l'orgueil et combler fosse commune. Et puis des hébergeurs elle claqua brune la porte sans sciure à la varlope. À sa majorité elle eut un fiancé qui la protégeait crème myosotis et matou. Son premier amant rouge elle le connut avant bien avant celui-ci mais il ne compta guère. Il voulait l'épouser avant défloration il était un peu bête mais certainement gentil. Le principal critère surplombant attirance était aux phéromones absence de tout danger. Il fallait pour qu'elle ose se risquer aux ébats que toute virilité ait déserté bien loin le corps palpé aux ongles et caressé au cœur. Car toujours les deux pôles qui tropicotent les hommes car toujours la violence et sa sœur la lâcheté elle les détestait rauque et ne pouvait les voir quand bien même profilées. À sa majorité et quelques chairs connues elle alla habiter avec le fiancé aux yeux qui saphiraient et aux dimanches limpides. elle lui compta le sable il l'aida comme il put mais la pelle était lourde et ses membres si frêles. Il remplaçait le père tel qu'elle l'aurait voulu tant il savait céder aux berlingots rosés. elle régressait hâtive se jouant petite enfant toujours insatisfaite toujours à consoler. Les sucreries cocons papillotèrent cinq ans c'est l'antique statistique qui germe premiers amours. Durant ces cinq années elle bouda l'hôpital ce qui sut étonner la grand-mère et les autres.

elle ne revit jamais les hébergeurs. elle ne revit pas plus les petits amoureux ni le déflorateur. Elle fut choyée cinq ans dans les bras fiancé et puis elle s'en alla il plut fort au matin. De part et d'autre l'ennui le moelleux le glucose finirent par empâter les papilles c'est classique. Elle resta toujours tendre avec le fiancé. Même après la déroute. Il resta toujours menthe dragibus colorés et c'est aussi le seul témoin d'avant la suite qu'elle peut voir en souriant et en faisant exprès. elle lui rendit la bague il lui rendit la pioche elle rangea ses affaires et prit une majuscule.

*

Elle oubliait parfois jusqu'au visage du père. Elle oubliait souvent et un jour au réveil elle constata sourdine que la voix s'était tue. Elle compulsa photos et l'abîme étrangeté profila la gloutonne minauderie du vertige. Elle se crut si

sauvée qu'elle commit pire impair en négligeant
le fait que le sable est mouvant.

★

Les hommes à l'écusson damasquinent rhyo-
lithes et au fond de leur lit c'est toujours asth-
matiques que poumons affolés quêteront cou-
rant fleurine. Les hommes à la saison savent
émousser sanie pour mieux y éroder les épisioto-
mies. Car c'est d'eux qu'on accouche la trachée
éreintée car c'est d'eux qu'on s'essouffle sans
jamais se trouver. Ils choisissent la putain qui
saura enfanter leur propre errance studieuse ils
choisissent la maman qui saura sacrifier ses
veines aux larmes pisseuses. Et quand les cernes
maculent le reflet des bassines ils s'enfuient en
Icare croyant le cérumen qui ensourde leurs
crimes croyant l'ordure épaisse qui bouchonne
en garcine l'irresponsable teneur de leur com-
portement capable de les porter à l'envol déser-
teur. Leur ramage est seyant puisqu'ils nous
ont plumées.

Car engrainée ou non ils disent la femme
charrie des torrents serpolet de pathos parfumé
et des brouettes criardes de servages acérés.
Et lorsque vient leur chute ils nous reviennent
encore simulant les gerçures des lubriques
repentances. La roue tourne toujours en sup-

plice ovoïde la roue tourne cent jours jolie toupie mâtine tourbillon résection.

Pour conjurer le gneiss qui ne s'évaporait elle en a abusé des clichés soumission. Le dévouement biseau des Lilith bâillonnées harnachées pitreries au corbillard malingre des amours alouettes. Car après fiancé et quelques foutraillons elle crut divines sucrettes aux fables serties rosaces des mythiques androgynes qui peuvent refusionner. Elle croisa par mégarde ce qu'elle perçut son double sans entendre au théâtre retentir la sonnerie. Pourtant les grands battants menaçaient de claquer pourtant déjà la rampe risquait de s'enflammer. Alors elle s'enticha et se donna carats et scintilla sa gorge sous les rivières perlées. Si le bonheur n'est gai elle put être joyeuse tant la douleur la tient sous sa coupe Baccarat. Elle naïva l'amour. Elle dit il n'y en a qu'un et c'est donc celui-là. Son élu par cent fois lui échappa des doigts. Elle n'y vit pas le signe silicium récurrent. Elle n'y vit rien du tout et fredonnait aigrette coiffée par maints bicornes car certains adultères se font académiques à force d'eurythmie. J'ai trouvé Mon, dit-elle. J'ai trouvé Mon et Mien plus jamais esseulée je resterai au vent. Il part mais me revient la partition perfore en orgue sa barbarie mais il sera l'époux sa peau m'est familière. La peau l'était vraiment. L'épiderme adoré procurait au touché par une étrange finesse surtout vers les épaules une sensation tactile pour le moins surprenante. Elle lui disait parfois ta peau n'est que du grain et non pas le contraire. Elle caressait le pâle élastique menus pores comme le font les enfants objet transitionnel. L'époux devint l'époux parce qu'il portait en lui le grain à fleur de peau le pistil paternel. Elle comprit si trop tard que l'écrin des alliances était de crocodile et de varan rosé. Elle comprit si trop tard. Il lui offrit des loups des lapins démembrés des myriades chalumeau d'abandon émeraudées. Et dans les plis livides de sa robe de mariée elle dut enfouir son oui et ses mensonges rubis qui cliquetèrent en bracelets. Les quatorze mois suivant le serment officiel l'alliance la démangea lui chuchotant chaque soir à ta dot il manqua le diamant du regret à présent ensable-toi des strass bleutés remords. Tu as chanté trop haut par-delà le miroir. Tu as chanté si haut que la phalange garrotte. Il sera désormais calypso quotidien l'air des bijoux carbone : *demons are the girls best friends*.

Il la trahit souvent. Si souvent et si tant que l'usure crispation s'évanouit à la longue même sans neuroleptiques. Il enfonçait rythmique tricuspide omoplate au nom du père du fil scarifiant sans esprit si bien qu'aucune Ariane ne pouvait y survivre. Elle était exclusive puisqu'il se disait son. Elle était possessive puisqu'il était son seul. Ça paraissait logique qu'il reste au cœur giron il lui avait promis elle avait voulu croire. Mais si l'unique canif qui dérouillait tumeur seule infidélité broyante de ses humeurs elle aurait peut-être su ronger l'os de curare sans déchirer le voile et jeter sa couronne. L'oranger se fane vite plus vite que les outrages. Que la bave pavlovienne lui dégouline babines à chaque femelle luisante entraperçue la nuit posait déjà en soi un problème il est vrai. Il était de ces hommes dont la testostérone se dégorge aux neurones quand s'agitent stimuli poitrail et boucles ébènes. Et chacun de lui dire mais ma pauvre chérie tu le savais déjà bien avant épousailles à quoi bon doléances tu étais bien prévenue. Que la couche fût souillée de la sueur de tant d'autres dans la maison de verre hébergeant les rhizomes avatars amoureux lui décharnait le corps jusqu'au col utérin. Que devant les stigmates laissés par ses disciples il niâ chaque évidence d'une implacable morgue lui rabotait raison au-delà du possible. Mais si l'unique supplice tétanisant cancer eût été l'adultère en éternel retour elle aurait pu peut-être grincer des incisives et saupoudrer l'ulcère cyclope perlimpinpin. Car si de l'annulaire elle délia piège argent car si de l'annulaire elle jeta à la Seine par un hiver pluvieux le nœud de ses prières c'est que l'époux fut sable. Fut sable tout entier.

Au lendemain des noces in vino veritas l'époux laissa s'échoir la cire trop vacataire qui durant des années l'avait par strates couvert. Le simoun s'éleva ébruitant dans la chambre les accents ancestraux de la rage séculaire que la mémoire de femme pensait avoir enfouis. Étouffée au larynx aveuglée aux saccades par tous les orifices qu'elle voulait autister le père revint en lui le père revint en elle le khamsin est chaos pour l'âme et les muqueuses. Il l'ensevelit ainsi de verbe et de rancœur de pouvoir de menaces de mépris grain par grain. Grain par grain corrodant le quartz est de fléchettes d'arsenic bouillonnant aux marmites des traumas c'est dans les vieux chaudrons qu'on fait les meilleures soupes il est déconseillé de laisser mijoter. Elle ne s'attendait pas au coup de sirocco. Elle ne s'attendait pas et ses cris déchirèrent la nuit et les tympans des invités sournois qui aux chambres attenantes simulèrent le sommeil.

L'enfant avait grandi. L'adolescente aussi. Et lorsque la femme vint d'un coup de patte dodue le spectre papa chandelle sut retourner marelle le sens du sablier. Il y a un temps pour tout. Et celui des migraines n'était pas écoulé. L'enfant avait grandi. Mais avant Ciel un deux à pieds joints galet quatre de la Terre cinq six sept quitter la case blanchie par la craie au trottoir ne serait chose aisée. Tous étaient de cheville. Laissez venir à moi les entorses au cœur sec qui empoisonnent l'espoir et scient les ligaments.

★

Elle pianota mi fa si mi-figue mi-raisin qu'elle restait de nature à mourir n'importe où. Sur un parvis d'église sur tapis herbacé ou sur une berge rugueuse. Elle pianota fa sol si fade à l'envoûté si réduite à porter sur ses épaules engelures le chagrin démission. Elle n'avait pas la clef. Elle n'avait presque rien et chancelait murmurant sa goualante jolie même je suis la fée néant.

> *Il avait dit peut-être*
> *Elle a compris toujours*
> *En période de disette*
> *Les dimanches sont si courts*
>
> *Ce n'est pas vérolée*
> *Que la poupée de son*
> *S'accrochait éhontée*
> *Ventricule à poils longs*
>
> *À l'anneau rutilant*
> *Elle souriait à Médée*
> *Ignorante contretemps*
> *Des promesses boucanées*

Hélas susurre la Morte
La bague était brisée
Hélas tics teignes emportent
Les mots bleus surannés
Les dix grammes argentés

Je t'avais dit toujours
Tu entendais peut-être
Il est rare que les sourds
S'entrelacent sans salpêtre

Dans l'antre auréolé
L'hypocondrie saison
La luette a pelé
Sous l'iris salaison

À l'anneau tuméfié
Je pleurais à Cythère
Sur la valse embrumée
Des bovaryques fourrières

Hélas susurre la Morte
La bague était brisée
Hélas tics teignes emportent
Les mots bleus surannés
Les dix grammes argentés

Nous avions dit Saudade
Sûrement l'année prochaine
S'incrusta Marienbad
Jusqu'au creux des silènes

Si les eaux sont amères
Il faut s'en prendre au Styx
L'anguille diable vauvert
Dessala Eurydice

À l'anneau égaré
Je ne perclus plus rien
Ni les vœux oxydés
Ni le chanvre de mes liens

Hélas susurre la Morte
La bague était brisée
Hélas tics teignes emportent
Les mots bleus surannés
Les dix grammes argentés

J'avais dit pigeon vole
Mais pour me contrarier
La comptine caracole
Au fond du poulailler

Le placard oiseleur
À sa porte claquée
L'amandine sans saveur
La dinde aurait cramé

À l'anneau arraché
Je suture la chanson
De mes doigts dénudés
Qui se gercent à foison

Hélas susurre la Morte
La bague était brisée
Hélas tics teignes emportent
Ecchymoses balbutiées
La chair de l'orchidée

Elle pianota mi fa si résolue solaire qu'elle éructa dorsale l'enclume aux scapulaires. Le sternum s'hérissa côte à côte stégosaure elle s'ébroua en dièse et une fois la corolle éventrée de nuisances se redressa enfin déliée au tabouret. Elle pianota mi fa si soluble aux demains qu'elle sut mettre un bémol aux sporotriches souvenirs écumant à portée. Elle changea la serrure. Elle changea presque tout et s'érigea sereine entonnant désormais botaniques barcarolles rythmées pili-pili.

★

Il ne fut pas humide l'hiver qui s'ensuivit. Il ne fut pas humide mais plutôt débordant. Le fleuve était en crue dans Paris apeuré à la scène qui l'eût cru l'amour était perdu elle restait alitée. Et puis un jour le Je. Le Je jaillit d'une elle un peu trop épuisée de se radier de soi. Le Je jaillit rimmel au milieu des tranchées. Un coup de cosmétique passé sur le palier des cils flétris orée d'une œillade perdition. La nécrose est parfois dans la poutre que l'on croit depuis toujours soutenir soma et fondations. Je songeais aux tartines qu'orpheline ensablée je me devais d'être veuve plutôt que divorcée. Puisqu'il était devenu de son chef étranger. Puisque celui qui sut masquer promesses mitrailles pour mieux me saboter. Quand l'amour se vortexe au plus profond de soi. Même après l'abandon on en reste étourdie et un peu égarée. On en reste sertie de vides à l'arc-en-ciel de vides au substantiel parfois au substantif car les mots bien souvent disparaissent de concert. Comment nommer le manque qui n'est plus mal de lui. Qui n'est même plus l'absence. Qui n'est plus que.

Il était tout comme mort celui qui fut naguère l'épicentre et le nerf la colonne et le reste. Et tout le reste surtout. Bien sûr. Ça va de soi. Il était épinglé bureau abjects trouvés il était égaré l'époux vanté jadis. Et du néant dédale sucrant que reste-t-il les akènes allergènes les arbouses efflanquées les courbatures refrain des cueillettes hystériales. J'avais lutté longtemps. Avec pléthores ventrues et griffades sirupeuses. J'avais ensuite haï et cela probablement par-delà l'entendement puisque les gémissements des femmes jetées fossé les hommes y restent sourds une fois la porte close et la clef bien tournée. Il n'y avait plus rien. Il n'y avait plus rien à part la confiture et les vingt grammes de pain en moi ce matin-là. De l'œsophage au côlon, à l'intérieur : plus rien. Je me secouai et en fus sûre. Ça sonnait creux. Complètement creux. Je pensais à ces femmes qui vont dans des cliniques le plus souvent en Suisse pour qu'on leur nettoie blanc plomberie intestinale. Virginité florale propreté formatée hygiène à scanner cru parcours des connes battantes entre une liposuccion et leur prochain lifting. Je n'en étais pas loin du grand blanc organique. Il fallait bien que je sois près de quelque chose.

Il était temps vraiment mais je n'y suis pour rien. C'est que toutes les citrouilles ont besoin de marraine et un peu par hasard j'en eus une il est vrai. Sans elle il est acquis qu'hormis du pont Marie je ne fus proche de rien. Elle surgit crinoline *c'est le morceau de sucre* elle recueillit citrine changeant au blanc muguet *qui aide la médecine à couler*. Elle m'apprit à chercher au-delà du ciboire et parfois l'amitié en papier d'Arménie embaume les Osiris pour abréger supplice suintant aux mille morceaux. Je dois tant à cette femme qui sut décréponner l'ego et la substance guirlandant mon devenir aux kermesses papillotes. Sans sa menotte tendue aux fièvres époumonées quelles crampes crochetées d'Eris m'auraient courbaturée jusqu'au spasme crépuscule. Sans sa confiance douillette et les soins prodigués dans quelle caverne bredouille fussé-je restée immonde cœur et sangles en pâture aux mites trop boulimiques. Elle m'ouvrit les paupières sur le moi refoulé sur le moi dépeuplé qui pourtant battait fort globules criant vivants au fond de la striure. J'ignore à quel arcane est la maison de Dieu mais la sienne fut ouverte me sauvant des Borniol je ne crains plus la peste le fat le choléra. Ni les moignons bourrus qui gratouillent de leur bure mon narcissisme violé par les souvenirs raclures. Je ne crains plus personne. Je peux vivre pour de vrai. Petite les faits vécus étaient tant fictionnés petite les faits subis étaient tant frictionnés que toujours le réel me semblait fabulette. Et si enfin la trame narrative se brisait. Et si enfin c'est moi qui déliais le fatum prenant les paragraphes grumeleux à pleines mains. Il serait lors facile et même un peu léger de parcourir les lignes sans vomir de douleur aux angles des points-virgules. Si le sable glisselle au travers de mes doigts la syntaxe ruissellera là où j'impose margelle. Sur l'ardoise en coulisse la craie fondra peut-être. Et si rien ne s'efface je pourrai barbouiller. La buée se fera dense sur la plaquette de verre. J'inscrirai mot à mot le putsch fait à l'ulcère. L'enfant vivotait mousse l'adolescente humus que se doit donc la femme si ce n'est vivre lierre.

Toute seule évidemment le Graal fut impossible. Chienne aux quilles et Lancelot perçant la valériane à coups de gin tonic. Car seulette à la tour on ne voit rien venir c'est un adage sœurette qui sévit aux saintes Anne. La cécité parfois s'entiche des orphelines jusqu'à ce qu'elles écrasent du talon queue du chat. La marraine sut donner les trois noisettes magiques. Et la force de briser celles du pantin narquois. Rendant mon tablier palais arrière-cuisines je balayais à l'âtre les derniers reliquats. Cheveu à saint Mathieu troisième corne à saint Jean le fils de la truelle ma robe est scolopendre. Il fallait récurer minutie à l'éponge il fallait épurer les résidus glaireux et aérer longuement pour fuir le labdanum. La résine paternelle et sa sève épigone savaient griser quel ambre pour momifier de ladres mes bandelettes secours. Il fallait qu'au laguis je cultive mandragores pour démembrer aux roses leur épineux poteau. Et pour débarrasser les reliefs du banquet où en fille de Pélops je m'émiettais en nappes il fallait table rase pour m'extirper de moi. Évider les sinus. Moucher le cervelas. Kleenexer pour de bon la morveuse d'Atropos.

*

Ce matin-là, elle se réveilla avec la ferme intention d'assassiner le premier venu. Or compte tenu de la fréquentation réduite de sa chambre de bonne, ce fut elle.

Le vieux soi effectue souvent maints borbo-
rygmes avant de s'échouer aux rives des clostri-
dies. Le vieux soi opiniâtre n'aima pas trop
mourir par un soir février. Le vieux soi disparut
sans que personne songe à honorer mémoire
pourtant quatre clavettes s'enfoncèrent dans le
bois. L'enterrement fut joli mais nous étions très
peu à la cérémonie. Peut-être est-ce le clystère
administré tréfonds qui s'hostila froidure dès les
faire-part lancés. Peut-être est-ce la salière ren-
versée fond de cale qui repoussa d'effroi super-
stition vénielle. Ou bien tout simplement que
la plupart des gens n'aiment pas trop que l'on
quitte les berges du malheur. Ça douille aux
entournures de voir la trajectoire d'un autrui rec-
tifier sa course aux sous les mers. Ça les souille
même d'envie et de rictus rageurs. Je voyais
bien déjà qu'à la séparation de l'époux vérolé
ils s'étaient engourdis guettant avec délices
ma tourbière et mes reins. Piaffant au guet sol-
stice que tardait sacrifice et vestiges coronaires.
Presque aucun vieil ami ne se réjouit à l'aube
du terrassage linceul. Presque aucun vieil ami
ne sourit à la nef du baptême mandarine zesté
girofle larsens. Tous aspiraient à voir disparaître
la Pandore marqueterie disloquée et silence
rouge et or. L'oubli a ses raisons que la raison
n'ignore. Ils préféraient trouillards rampouillant

stèle au nez japper en bons suiveurs choré-
graphie macabre les pas du cher époux plutôt
que de rester à l'impartiale jactance qui clôt
les foudres hypnoses des découpes conjugales.
Les intérêts bestiaux de la foire devenir. Pour
s'assurer la rente de leurs dîners en ville ils se
rangèrent mutisme sur l'étagère de l'homme. Du
côté du pouvoir. Avec les verres à pied. Et puis.
L'autonomie soudaine de la femme apeurée
n'était pas pour leur plaire c'est un fait rapiécé.
Il fallait pour achever radieuse fin de l'ère rance
qu'en ouvrant la fenêtre je courant-d'aire relents
et défenestre de même mes simulacres amis.

Car avec le vieux soi les nippes de la gageure
se devaient également d'être totalement rincées.
Le synthétique hélas ne résiste que rarement au
traitement vinaigré. Or les proches qui durant
le règne de l'ancien soi se délectaient enzymes
du cotonneux fourbi ne purent que renâcler au
lessivage Cybèle. Elle est tellement fréquente
l'indigestion férue des sucs acidulés du veule
ressentiment. Elle est tellement blessante la tra-
hison du cercle qui se disait premier. On a beau
le savoir l'entendre le répéter on a du mal à croire
que ça peut arriver. Pourtant au bal perdu ça
valsa foutriquets. Tous s'évertuèrent bourgeons à
la débine de Laz n'étant pas du château n'étant
pas du village je me devais de n'être que leur rien
familier. Les anciens camarades s'accommo-

dèrent si peu du regain de fortune qu'il me fut nécessaire de siffler sur le pont pour que le soleil brille et qu'ils ne reviennent pas.

Que nulle méprise ne germe ils ne reviendront pas. Jamais non plus jamais ils ne pourront entrer. J'ai verrouillé cadenas mon cœur s'est empesé. J'ai verrouillé soma qu'ils s'éreintent sales Brutus les cloches à l'amidon. Jamais non plus jamais ils ne pourront. Et que ceux qui simulent l'étonnement face aux fuites commencent par se noyer sous leur incontinence. Avant de m'accabler sous les salves urémiques il fallait prendre en compte mon instinct territoire. L'urétrite qui vous ronge n'est rien sachez-le bien au regard du cordage qui me noua la gorge. Aussi soyez beaux joueurs une fois n'est pas coutume. Car si les Peter Pan ont défense d'afficher les valets podologues se devront désormais tourner leur queue sept fois avant de pisser dru le long des mépris clairs qui brisèrent l'omerta. Si l'Homo regressus est un genre à la mode ne comptez plus sur moi aux tangos serpillières.

★

Étranglez rida-t-il. Étranglez le boa qui frétille alangui la digestion est lente dans les panses princières. Sous quelle météorite quelle étoile marinée espérez-vous maintenant échapper aux lignées et maudites insulaires. Votre rose sous le globe pourra-t-elle respirer au désert paso doble il n'y a de Ventoline. *Arrêtons un moment.* Par quel onguent moiré tâcheron Mercurochrome la Chloé rapsodique pourrait de ses genoux désinfecter la plaie sans que perle topazien le pus si paternel. *Dans un mois, dans un an,* le sable se fait souvent l'allié des ovipares. Le sable se fait fréquent quand on croit au départ : *comment souffrirez-vous.* Vous le savez très bien. Peut-être même parfaitement. *Que le jour recommence et que le jour finisse.* On ne s'en débarrasse pas plus que du sursis. On ne s'en débarrasse mais *quelle est mon erreur* pas plus que des crocs âpres *et que de soins perdus* qui toujours mieux meurtrissent. Vous ignorez ma belle que nul ne peut expier dès lors qu'il est le père dès lors qu'il sut cracher sa proie progéniture. *Dans un mois, dans un an,* quelles que soient les crécelles qui hors de vous vagissent. Vous pouvez vous targuer de vous être renommée. Vous pouvez vous complaire dans la méprise scandée. Vous ne saurez le taire le sable est impudent le sable si récurrent *peut tout ce qu'il désire.*

Je n'aurai pas, Monsieur, à compter tant de jours. Je n'aurai pas, Docteur, à subir le mal court. À commencer par vous et vos discours qui cendrent horizons pyramides hauts rhizomes pis stériles tant de siècles vous contemplent.

Pour scalper l'autopsie du papa infectant que croyez-vous chère âme que je dusse usiter. M'abandonner lascive à la glu des divans pour me radier du sable eût été suicidaire. On ne vide pas le père en remplissant son ventre ses entrailles de l'inceste papounet putatif d'un gou-rou corrosif jolie substitution. L'épigénie jamais ne prendra source en moi. Jamais. Entendez-vous. On les connaît les trappes de la psycha-nalyse. On les connaît les farces qui gisent à la banquise. Combien de si fragiles petites filles s'avortèrent se fracassant le crâne au contact for-ceps de votre sale machine. Combien de petites filles se crurent à l'accouchement pour s'achever gâteuses avant la Sainte-Catherine. Alors je vous dis non. Il est temps à présent d'éventer la foutraille. Vous n'êtes là que parce que. *Non je n'écoute rien.* C'est un peu court bien sûr *me voilà résolue.* Vous n'êtes là que parce que. Que à cause, je vous dis. Je ne pouvais être seule durant le dessablage monophonie errante durant le déballage. Je ne pouvais feinter monologue mémorial à l'éther des nuitées qui s'éraillent aux broderies. Pour une raison râblée Sacré Cœur rhétorique. Pour garder paume serrée le fil il fallait bien minauder c'est un tort la blouse labyrinthique. Soyons un peu sérieux. Pour un instant du moins. Que ne pensiez pauvre âme à votre concrétude. Puisqu'à aucun moment à aucun je vous dis j'ai depuis des années trépassé le seuil rance d'un cabinet sinuant à la curiosité. Vous n'existez donc pas et j'en suis désolée. Vous n'existez donc pas et que le fou m'en garde. Vous n'êtes qu'une projection mon docteur feu follet. Vous n'êtes qu'une projection comme à toute habitude à cela près que cette fois la patience a manqué au rendez-vous heure bleue. Elles n'ont besoin de rien les mouflettes tétanos. Elles n'ont besoin de rien certainement pas de vous. Il me fallait seulement dialogue à l'avatar un double ficelé rôti pour enfourner proprette ma postconsomption. Et puisqu'il faut partir, décampez de ma vue. Petit Shadock pompeur de ma citerne quartz petit Knock rémouleur des cités ternes éparses. Jamais je n'ai sombré dans votre écueil crétin. Jamais mon écureuil vous n'étriperez, vilain. Vous n'êtes qu'un docte leurre au mica symphonie. Vous n'êtes qu'une création éjaculée en douce parfois mon hypophyse s'enduit de priapisme. Je vous congédie là. Le temps est écoulé. Car depuis le début vos syntaxes cancrelats vos questionnements chancrelles fantôment la lame beffroi. Car depuis le début c'est par vous que je plante aux pandémies verglas la pointe du bistouri. Car depuis le début tout n'était qu'autopsy.

★

Le marchand de sable est passé. Je tisse l'osier de mes arceaux. La prunelle s'est iris ambrée. La crosse de Nicolas touche aux chants marmorins, le fermoir en étain de la malle si poisseuse. Le marchand de sable au passé se conjuguera sang et eau. Je ne suis plus du tout petite en plus je hais les plantigrades. J'ai laissé l'heure et les contrées qui batifolent aux dunes esclandres. Il fallait quitter les chemins qui ne mènent nulle part. Sinon on n'en finira pas. Jamais. Et il faut bien finir un jour.

Il est des composés siliceux de licence qui ne s'émeuvent jamais. Le sable est de ceux-là. Il est des panachés encombrés nucléons qui ne savent se mouvoir qu'aux rizières de la peine. Ainsi vacille à l'encre : le sable ne s'émeut pas. De même que dans l'amour la nostalgie courrouce jusqu'à enterrer vives les primevères qui affleurent : le sable ne meurt jamais. Le sable est minéral et corrode l'organique c'est pour se préserver que le cœur fut galet. Mais pour neutraliser ses ennemis lapidaires il faut savoir feinter par-delà les matrices. Car si le sable toujours demeure granules intacts car si le sable toujours s'immisce aux ongles Hécate il ne peut se soustraire à certaines industries. Tu n'y échapperas pas joli papa nacelle à ton largage orgiaque en cumulus fleuris.

Car s'il est réfractaire à toutes les scories le sable peut par contre se kafkayer en verre. Et si les grains ténus s'alchimisent verroterie. Transparence en dépit d'une opaline teneur. Que reste-t-il logé au centre sablier. Que reste-t-il dedans. Tout est solidifié. Plus rien ne peut couler. Plus rien ne peut. Plus rien. Le sablier en soi quel est-il donc, après. Un antimoine songeur ou un étrange bibelot. Un fragile objet d'art qui se fracasse au sol. Le verre au cri aigu ne peut lui résister. Ils diront sournoisement elle nous joue la diva oui mais seules les altos maîtrisent l'aigu pointu qui peut en vocalises faire voler en éclats le père cristallisé. Alors. À présent que fossiles se font les granulés. À présent que se fige père démantibulé. Lequel des deux papas. Dis-moi lequel des deux. Qui criera *je te tiens* le plus fort *tu me tiens* qui criera *par la barbichette* le premier. Serait-ce pizzicato trémolos cordes vocales mon larynx entartré qui te mettra en pièces. Ou plutôt lassitude oseras-tu de ton gré acculé désertion à signer l'armistice. Vas-tu drapé de blanc le mouchoir maculé agité aux tranchées imploser silicates alcalins mosaïque. Lequel de nous, papa. Tu m'as depuis toujours et par-delà le reste ligotée à la lice jusqu'à dénervation. Tu m'as depuis toujours entravée corps et salve ma joue gauche brûle encore de ton bout de cervelle je ne tendrai pas l'autre. Entends-tu car ce soir ma voix n'est plus fluette à force de raison le glas tintinnabule. Entends-tu car ce soir ma glotte est désaxée et cogne à l'hygiaphone. Ce n'est pas ton pardon qui m'importe désormais. Ton pardon grand jamais ne chuchotera sa honte. Tu partis à la tombe l'emportant avec toi. Jadis les vieux Malais contractant un amok étaient enterrés rouges avec armes et remords. Tu ne m'as rien laissé. Rien du tout je te dis.

Tu collas vingt-huit ans obstruant de folie ta rancœur héritage aux moindres pores de moi. Je n'ai plus peur papa. Et encore moins de toi et plus du tout des hommes. Tu étais hydre violence mais je vois bien silence que ta lâcheté scintille jusqu'en l'acte proféré. Tu étais toi aussi gluant faiblesse, ma larve. Et derrière ton magma ton éructation fourbe aveuglée au geyser je ne le voyais pas. Ton pardon fantasmé qu'il pavote aux orties. Ton regret sublimé qu'il se corne Hespérides ton regard orangé ne sera plus mystère l'or du temps éperdu l'or des paumées venues comprendre aux goldens blettes le pourquoi de ton crime. J'ai trifouillé mémoire durant tellement d'années. Sans jamais y trouver le moindre fragment amour. Ce ne sera pas moi. Ni toi non plus papa. Ce sera le sens-tu le sens-tu qui séisme déjà le long des os de tes vieux os de mort rongé déliquescence depuis ces dix-huit ans de séjour au terreau. Ce sera le sens-tu qui picote aux vertèbres trotte électrique aux côtes sur tes côtes hébergeuses du vide qui te fut cœur. Ce sera tout est dit le sablier lui-même qui se fissure déjà qui explose doux cristal épuisé de clameur.

Car le temps est achevé. Le temps tire à sa fin. Le sablier s'effondre mon papa ma Babel ma langue ne fourche plus je ne tourne plus rien. Le sablier s'effondre mon papa Babylone ma putain sclérosée je n'ai plus je te dis quiconque à faire payer. Le seul cri qui a cours au tombé de rideau est celui qui s'échappe des deux vases ovoïdes abouchés mon cher père si tant verticalement. C'est le sablier même qui beugle le dénouement. Car ton temps est figé mon papa, ma Lotherie. Tu ne t'agiteras plus j'ai su me retourner. Car ton temps c'est certain se paralyse givré. L'instrument hurle bleu. Il est bien sec le bruit que fait le verre nocturne dépeçant ses débris aux lattes du plancher. Nulle urne ne peut contenir les éclats du passé, de ce passé mica qui coupait vert-de-gris aux alvéoles fillette. Nulle urne c'est acquis. Une fois le sablier braillant déflagration les vestiges familiaux fondront comme l'on s'en doute. Le père qui grimaçait sa hargne à la banquise se glacera jusqu'au foie sous la flamme invective. Mon papa ma flaquette aux adieux de salpêtre sache me laisser enfin essorer à l'envi la glu trop lacrymale qui nous lia si longtemps. Il séchera à la rate le linge qui t'absorba au ménage printanier. Il séchera jusqu'à n'être plus qu'une texture rabougrie un chiffon qui bougonne râpant les fruits confits. Condensation voltige Papa Tango Charly le triangle avorté les Bermudes à la buée tu ne répondras pas, plus personne ne te cherche. Non, papa. Plus personne. Tu es mort. Entends-tu.

Car à trop disséquer le meurtre de la mère car à tant chavirer tes déjections sanguines sur mon corps traces témoins j'en oubliais souvent que tu te nommes : suicide. Tu m'as jeté ta mort en pleine face ce jour-là. Tu m'as craché ta fin en cadeau cervelas comme la mère naguère me vomit à la vie. Ça sut gerber tellement dans cette foutue famille. Alors. Qu'espérais-tu. Mon père, mon haut-le-cœur. Qu'en souillant mes dix ans tu ensanglanterais tout. Qu'en feignant d'épargner ma petite chrysalide tu pourrais ressurgir en effet papillon. Mon père, mon sale chaos. Que croyais-tu vraiment qu'il pouvait arriver. Que maculée de toi jusqu'aux transes intérieures j'achèverais la courbe du tracé paternel. Qu'ensablée poumon cœur mesmérisée à bloc j'épouserais le seul homme capable de t'incarner. Qu'animée aux tréfonds par ta psychose retorse je revivrais huis clos la scène de la cuisine. Mais il ne tira pas l'époux, mon très cher père. Dans tes pertes prévisions tu omis un détail : si ton fusil joli tu détenais placard c'est que ton permis de chasse t'ouvrait les armureries. Or l'époux excellait à se tirer des dindes et non des sangliers. Aucune arme au logis si ce n'était nous-mêmes et en dépit des heurts et de la haine fétide qui s'immisçait chaque heure aux interstices d'ennui les pulsions instinctives savaient se refouler. Mon père, mon plomb salin. Que pensais-tu au juste en ne me criblant pas. Qu'orphelinée trauma jusqu'aux rampes intestines mes matins seraient coliques dépression néphrétique. Qu'incapable à jamais de combler l'abandon ce n'est donc pas la mère que je singerais adulte. Elle ne serait que là ta fine reconnaissance. Il ne serait que ça ton joug de filiation. Que songeais-tu au fond quand tu n'as pas ce jour appuyé au carnage sur la gâchette argent. Qu'affolée de souffrance et esseulée aux berges je finirais certaine par suivre ta sortie. Fifille à son papa fille digne de toi mettant fin à sa corde tranchant elle-même le fil. Persuadé tu étais qu'un jour viendrait grand prince me dire tous les mots quartz à moi la blanche neigée écorchée à la chaux : fais comme papa mon ange tu ne peux y couper. Mon père, ma soude caustique.

Que calculais-tu donc en ajustant canon sur ta gorge pileuse. Que selon la formule autrichienne consacrée ma trajectoire chuterait toujours vers

l'inconnu en vertu chromosome malaise expo-
nentiel puisque :

L'âme féminine =

$$\frac{x^2 + \sqrt{32{,}4 - 20 + 4{,}6} - (4 \times 2) + y^2 + 2xy - (0{,}53 + 0{,}47)}{(x + y)^2 - 3{,}8 + 6 - 6{,}2}$$

Mon père, mon savant rance. Quels insolubles
projets crayonnais-tu autiste quels dépecés
sillages traçais-tu à l'orée des derniers jours
méchoui de ton humanité.

J'interroge mais qu'importe. Tu m'as sali des
mots. Comme si ma robe d'alors ne fut pas suf-
fisante. Souillé au pus vocables connotations
fébriles tant de phonèmes burin. Décalcifié à vif
la tiédeur de la langue. Défiguré te dis-je oxydant
à la sueur le bronze des épigrammes. Tant de
mots à présent barbotent à la boue noire. C'est
peut-être le pire crime que tu aies pu commettre.
Mon père, ma plaie mesquine. Parfois c'est de les
dire. Juste de les prononcer. Parfois c'est jusqu'au piètre assemblage calligraphes que le
dégoût s'ébroue. J'en ai rencontré d'autres,
des pourrisseurs de mots. Tout un tas dans ma
vie. Qui s'empressaient toujours de maculer
bien fort une ou deux proies choisies. Ils le
détournent souvent le mot qu'ils dégueulassent
par une prononciation particulière. Pour que le
mot sonne faux quand ils le rotent souriants et

quand à l'infini il sera rencontré. C'est une sorte de larcin qui mérite lourde peine tant celle qu'ils provoquent est elle-même capitale. Articuler le mot après éclaboussage est dès lors difficile. Ils le mâchent goulûment pour le dénaturer. Mon lexique fut pillé à tellement de reprises. Parfois pour me guérir je joue dictée magique répétez après moi disait l'ordinateur. *Papa maman placard sang abats cuisine folle grande pathos.* Sans compter la kyrielle que je garde secrète. L'individu sinistre qui bava sur *pathos* lui dévidant l'antique pour l'enduire psychodrame de concierge et encore étant de tous le pire : c'était prémédité. Prononcer tant de mots est devenu impossible. La madeleine toujours me collera au palais. La madeleine toujours la pâte était mal cuite la rengaine colle toujours je cours dans ce palais car je sais parfaitement à dessein qui je hais. J'ai coupé net, papa, le mal à la racine. Et si ce soir enfin tes deux syllabes martèlent c'est que d'avoir fondu tu m'as rendu les mots. Et du Verbe revenu je peux vivre pour de bon. *Mais il ne s'agit plus de vivre*, mon père, ma belle charogne, maintenant *il faut régner*.

*

Pour chatoyer couronne qui ne soit de fleurettes et garder port de tête sans que la crampe afflue il fallait décoction d'aubépines et d'ivoire.

Au créneau la princesse commençait à râler la patience n'étant pas son attribut premier. Il est de nombreux contes qui commencent par l'attente. Certains sentent l'estragon, d'autres le rat musqué. Il est de nombreux contes que les enfants inventent mais les femmes que rarement après la victimerie. Il ne fut pas une fois car ça faisait longtemps. Si longtemps qu'à la tour elle se crevait les yeux à scruter le lointain alors que derrière elle. Si longtemps tour à tour qu'elle se perçait tympans à ouïr froissements zéphyr alors qu'à son oreille. Il se tenait debout il chuchotait souvent. Il était à côté mais elle n'était nulle part ça dérègle souvent les affres orientation. Il était à côté. Il est encore d'ailleurs et sera peut-être jusqu'à. *Quant au reste, je compte, à l'accoutumée, sur le déluge.* Il est des contes parfois qui ne savent pas finir, aussi sait-on jamais. Puisqu'il était déjà là et depuis longtemps elle ne pourra pas dire : quand je l'ai rencontré. Mais moi je sais qu'un jour le museau éphélide du prince mustélidé moustacha phéromones et qu'ils se reconnurent au milieu de la pièce détrempée aux grandes eaux. Ça sentait la Javel et plus rien ne traînait. Ni grain ni spasmes fossiles ni poussières moutonnées. Ça tombait plutôt bien, il était asthmatique. Comme ça s'appelait l'amour ils firent le nécessaire. Ils n'eurent jamais d'enfants pour contrarier tout le monde et vécurent dans une île retranchée dont le nom fut perdu. Car la confiance luisant le reste importait peu.

Le reste importe peu. Empourprés aux croisées s'éteignent martyrologes les petiotes équarries la girouette bec cloué de même que le cercueil paternels résidus. La fange se mascarpone les temps sont accomplis il était nécessaire que ça braille en gigogne. Car comme à la Villette les bouchers doivent valser pour dégraisser la carne et dégrainer l'aorte. Quel père à la rocaille quand bien même assassin pourrait lutter spectral aux Saint-Jean crépitantes. Quel mascaron tripaille quand bien même alcalin pourrait trépas hautain s'infiltrer braises ardentes. Les songes aux braseros ne rongent que pissenlits et s'enfument les fredaines au carbone mémorial. Ignifugène est l'aube qui sut cautériser nul ratisseur d'empire n'aura dès lors de sens. Il est plus salvateur de jouer aux terres brûlées pour noyer l'Attila qui cultive hargne et crawl. Piquet et tête bêchée tes os s'effritent papa sous la pelle à grenaille. J'ai foutu le feu au jardin : cette année nous aurons un magnifique mois de juin.

DU MÊME AUTEUR

Chez farrago

LES MOUFLETTES D'ATROPOS, 2000 (Folio n° 3915)

Chez farrago-Éditions Léo Scheer

LE CRI DU SABLIER, 2001, prix Décembre (Folio n° 3914)
LA VANITÉ DES SOMNAMBULES, 2003

Éditions Léo Scheer

CORPUS SIMSI, *à paraître en novembre 2003*

Composition CMB Graphic
Impression Novoprint
à Barcelone, le 23 novembre 2020
Dépôt légal : novembre 2020
1ᵉʳ dépôt légal dans la collection : septembre 2003

978-2-07-042618-8./Imprimé en Espagne.

378446